Maren Wurster

EINE
BEILÄUFIGE
ENTSCHEIDUNG

Roman | Hanser Berlin

Die Autorin dankt dem Goethe-Institut Irland und der Achill
Heinrich Böll Association, dem Deutschen Literaturfonds,
dem Niedersächsischen Ministerium für Wissenschaft und Kultur,
der Stipendiatenstätte Künstlerhof Schreyahn und der Samt-
gemeinde Lüchow (Wendland) sowie der Elterninitiative BNE e. V.

1. Auflage 2022

ISBN 978-3-446-27380-1
Carl Hanser Verlag GmbH & Co. KG, München
Umschlag: Nurten Zeren, Berlin
Motive: © Adrian »Rosco« Stef; Tyler Mc Robert / Unsplash
Satz: Sandra Hacke, Dachau
Druck und Bindung: CPI books GmbH, Leck
Printed in Germany

MIX
Papier | Fördert
gute Waldnutzung
FSC
www.fsc.org   FSC® C083411

EINE
BEILÄUFIGE
ENTSCHEIDUNG

Meine ersten Erinnerungen haben alle mit Una zu tun.

Ich liege auf dem Rücken und sehe, wie sich die Blätter einer Pflanze bewegen. Rund sind sie und schwingen ganz leicht, erzittern kurz. Una kommt ins Zimmer, ich wende den Kopf und blicke sie von unten an. Groß wirkt sie. Sie hat ein breites, rosiges Gesicht.

Una kniet vor mir und möchte mein aufgeschürftes Knie mit einem braun getränkten Tuch abtupfen. Ich zucke zurück, und Una hält inne. Meine Finger krallen sich in ihren Arm, und ich bewege das Knie langsam auf das Tuch zu.

Wir malen mit Kreide auf den Betonboden unseres neuen Hauses, bevor das Parkett darüber kommt. Die Kreide knirscht und bröselt, wir ziehen rote und blaue Kreise, malen ein Haus und ein Auto. Una zeichnet eine Qualle, aber ich kenne das Tier nicht. Sie erklärt mir, dass Quallen durchs Wasser schweben und fast durchsichtig sind, und ich frage, ob man sie nicht sehen kann. Una sagt, sie hätten eine weiche Haut und rosa Blumen im Inneren. Sie malt eine hinein. Wir stellen uns vor, wie in vielen Jahren jemand, wenn er das Holz wieder abnimmt, unsere Zeichnungen entdeckt. Una schreibt unsere Namen dazu, Konrad und Una, und das Datum, 2. April 2008.

Wie verwirrt ich bin, als ein junger Mann zu uns auf den Spielplatz kommt und Una küsst, während ich oben im Häuschen der Rutsche sitze. Heute denke ich, dass Una den

Kuss nur zugelassen hat, weil sie dachte, ich sähe ihn nicht, ich stiege gerade noch die Leiter zum Häuschen hoch. Ich möchte nicht mehr rutschen. Una ruft mir zu und winkt, während der Mann nervös hin und her blickt. Schließlich klettert sie zu mir hoch, und wir rutschen gemeinsam, ich auf ihrem Schoß, und sehr langsam, da Unas Schenkel am Rand der Rutsche bremsen.

Ich liege oben in meinem Zimmer und höre Robert mit Una reden, manchmal in einer Zaubersprache. Es dauert immer einen Augenblick, in dem es still ist, bevor Una Robert antwortet. Sie spricht leise und lächelnd. Das höre ich, dass sie lächelt.

Über Unas Schreibtisch, auf dem sich Bücher stapeln, mit Zeichnungen und kleinen Buchstaben, hängen Fotos ihrer Familie. Auf einem lehnt Una sich an ihre Mutter, eine hagere Frau mit sanften Augen und hellen, langen Haaren. Ich reiße eine Ecke von dem Foto ab. »Nein«, sagt Una streng, was mich irritiert, weil ich sie so nicht kenne, und was mich weitermachen lässt. Ein zweiter Riss entsteht, bevor Una das Foto aus meinen Fingern löst und zwischen die Seiten eines Buches legt. Dann nimmt sie mich in den Arm, doch ich mache mich los und will zu dem Buch. Sie legt es in das oberste Fach eines Regals, das ich nicht erreichen kann. Ich weine und schreie danach, ziehe Bücher, an die ich herankomme, aus dem Regal.

Später sind wir in der Küche. Una hat mich auf den Arbeitsblock in der Mitte des Raums gesetzt, von dem aus ich alles überblicken kann. Sie schenkt Traubensaft für uns ein und stößt ihren Becher an meinen. Eines unserer Rituale.

Ich schütte den Saft auf den Boden, und Una wischt ihn weg, ohne etwas zu sagen. Das Foto klebt sie an der Rückseite mit Klebestreifen wieder zusammen. Nur von nahem sind die Risse zu erkennen, so sorgsam fügt sie die fransigen Teile aneinander.

»Wieso spricht deine Mama so komisch?«, fragt Daniel mich im Kindergarten, und ich weiß nicht, wen er meint. Und als ich verstehe, dass er Una meint, weiß ich nicht, was ich antworten soll.

»Meine Mama hat gesagt, du hast keine Mama«, sagt Daniel am nächsten Tag.

»Ich habe Una«, hätte ich sagen können, deren Namen ich damals noch, obwohl ich es schon richtig kann, als »Ua« ausspreche. Stattdessen schlage ich ihm den Bagger ins Gesicht, und Daniel blutet an der Augenbraue. Die Haare werden auf der Narbe nicht nachwachsen, was Daniel ein verwegenes Aussehen gibt, auf das er stolz ist. Die ersten beiden Schuljahre gehen wir noch zusammen in eine Klasse, bevor ich aufs Quellspring komme, und Daniel erzählt abstruse Geschichten zu der Narbe, von einem waghalsigen Sprung oder einem Kampf mit einem Einbrecher.

»Wo ist meine Mama?«, frage ich Una.

»Ich weiß es nicht«, sagt Una.

»Du hast mich«, sagt Robert irgendwann mal, »das reicht.«

Kurz nachdem Robert nach Kanada gezogen war und einen Tag nachdem Kaspar das Quellspring verlassen hatte, ist die Geschichte mit meinem Daumen passiert. Die Geschichte mit meinem Daumen heißt, dass ich ihn mir abgesägt habe. Meinen linken Daumen. Mit der Kettensäge.

Ich war fünfzehn Jahre alt, Robert war schon einige Jahre mit Pauline zusammen. Wir waren im Schwarzwald auf der Geburtstagsfeier ihrer Mutter, in einem Ort, der eingezwängt in einem Tal lag. Schon auf der Fahrt hatte sich die Landschaft schwer auf mich gelegt. Nun saß ich am Tisch des Restaurants, das zu alledem noch holzgetäfelte Wände hatte, was mein gedrücktes Gefühl verstärkte. Ein Onkel von Pauline saß mir gegenüber. Er fragte mich, was ich so mache, abgesehen davon, die Schulbank zu drücken, so formulierte er es, fragte, was mich wirklich interessiere. Er trug einen akkurat gestutzten Schnauzer und ein breitschultriges Jackett. In gewisser Weise war er zeitlos alt, wahrscheinlich älter, als ich dachte, aber ich konnte das sowieso nicht gut schätzen. Sechzig oder achtzig, das kam für mich aufs Gleiche raus. Auf jeden Fall sagte ich, dass ich viel in der Schulwerkstatt sei und, ich zögerte, aus Holz Dinge baue.

»Du bist also Bildhauer«, sagte er, und sein Schnauzer zuckte ein wenig.

Bildhauer. Das Wort sank wie ein Stein in mir. Ich rollte es hin und her und spürte, dass es richtig war. Ich war nicht Roberts Sohn. Nicht Quellspring-Schüler. Nicht Kaspars Freund. Nicht Kind ohne Mutter. Sondern Bildhauer.

Dazu kam ich, weil ich wie die anderen schwierigen Kinder im Quellspring nachmittags in die Kunst- und Werktherapie bei Mannhofen, unserem Kunstlehrer, gehen musste. So wurde das selbstverständlich nicht formuliert, im Wochenplan waren einfach die Stunden in der Werkstatt eingetragen. Aber wenn ich in die Runde sah, der introvertierte Kaspar, Mila, von der es hieß, sie pinkele nachts ins Bett, Georg mit dem Augenzwinkern, ich. Das sagte ja wohl alles. Mannhofen brachte zum Schuljahresbeginn seinen alten Gartenzaun von zu Hause mit, ein morsches Ungetüm, dessen Latten abwechselnd vor und hinter den Querriegeln angeordnet waren und das nun auf dem Boden lag. Mila stand verlegen am Eingang, Kaspar lehnte an einem hohen Regal, und wo Georg war, weiß ich nicht mehr. Ich weiß nur, dass ich, noch bevor Mannhofen, der mit dem Rücken zu mir an einer Werkbank hantierte, etwas sagen konnte, über die Latten marschierte. Sie krachten unter meinen Stiefeln. Dazwischen hörte ich Mila nervös lachen.

»Aktionskunst«, sagte Mannhofen, er hatte sich umgedreht und mir zugesehen. »Ich wollte eigentlich gemeinsam besprechen, was wir aus dem Zaun machen.«

Ich lief gleich noch mal drüber, um das Gefühl von eben zu wiederholen, als das Holz brach, was mir nicht mehr gelang und mich unzufrieden zurückließ. Also sagte ich einfach nur »fuck« und sah Mannhofen an.

»Vielleicht schaffst du es, deine Kraft in Form zu verwandeln, Konrad«, erwiderte er.

Ich wusste, was er meinte, aber ich hatte keine Lust. Ich hatte mich nicht zu diesen Stunden angemeldet. Immer hatte irgendjemand eine Vorstellung, was gut für mich sei, es kotzte mich an, und das wollte ich Mannhofen spüren lassen, obwohl er dafür ja nichts konnte. Ich mochte ihn sogar, mit seinem wuscheligen Bart und dem gestrickten Pullover. Aber er stand da nun halt, und ich wollte zeigen, dass ich mich nicht fügte. Vielleicht kam ich deshalb auch zu dem Menschenkäfig. Es fiel mir einfach sofort ein, als ich die Latten dort liegen sah, dass ich einen Menschenkäfig bauen könnte, ein längliches Konstrukt, mit Gitterstäben an allen Seiten, ein Mensch würde gekauert hineinpassen.

Es gab Spanplatten in der Werkstatt, die ich für den Boden und die Decke verwenden konnte, und ich entdeckte passende Kanthölzer. An der Werkbank sägte ich sie zurecht. Dann begann ich, sie zu schleifen, mit der Maschine, später mit dem Klotz. Mehrere Stunden verbrachte ich damit, alles sollte eben werden. Ich bekam oft kribbelige Finger, dann musste ich dreimal rechts schnippen und dreimal links, um weitermachen zu können. Zuletzt fuhr ich wieder und wieder mit Schmirgelpapier, erst grobem, dann immer feinerem, darüber. Bis alles Raue verschwunden war und sich das Holz anfühlte wie Butter, die kalt und fest aus dem Kühlschrank kam. Mannhofen beobachtete mich, ich spürte es, seine Blicke in meinem Rücken, selbst wenn er gerade bei den anderen stand. Immer wieder kam er zu mir, ich nahm seine Hilfe aber erst an, als ich Platten und Hölzer verbinden wollte. Mannhofen zeigte mir, wie ich mit Schlitz und Zapfen arbeiten konnte. Auch, wie drei Stäbe rausgenommen werden konnten, um den Käfig zu öffnen. Ich ging konzentriert vor, jeder Winkel sollte exakt werden, und die Verbindungsstellen sollten so wenig wie möglich zu sehen sein.

Die Arbeit an dem Käfig verstärkte einen Druck in mir, der Kopf, Lunge und Bauch ausfüllte. Nachts wachte ich auf, der Körper ganz heiß, als hätte ich Fieber, aber ohne zu schwitzen. Ich wusste nicht, wohin mit dem, was da in mir war. Am liebsten hätte ich etwas durchschlagen, die Fensterscheibe oder so, aber ich wollte keinen Ärger, ich wollte nicht wieder zu Rüders müssen, unserem Direktor, Gespräche führen und dann vielleicht nicht mehr in der Werkstatt arbeiten können. Ich zog mein Hemd grob über den Kopf, schleuderte es in die Ecke. Holte es wieder, zerriss es. Das reichte nicht, es besänftigte das Gefühl nicht. Ich warf ein Glas auf den Boden, es zersplitterte laut, und ich verharrte kurz, wartete, ob jemand kam. Dann rollte ich mich mit nacktem Rücken auf die Scherben. An der Schulter drang eine durch die Haut, ich spürte das warme Blut. Die anderen verursachten nur kleine Schnitte. Später klammerte ich die Wunde mit Nahtstreifen, was nicht so einfach war, mit der Hand auf dem Rücken und dem Blick in den Spiegel, aber gelang. Zum Schlafen legte ich mir noch ein Handtuch unter, um nicht auf Bettwäsche und Matratze zu bluten.

So lag ich da und erwartete den Morgen. Beobachtete, wie der Vorhang seine rote Farbe zeigte und Tisch, Stuhl, Schrank allmählich sichtbar wurden. Hörte ein Tor quietschen und in seine Fassung zurückschlagen, die Schritte von Pohl, dem Hausmeister, auf dem Kies.

Als ich den Käfig in der nächsten Werkstunde ansah, spürte ich eine dumpfe Wut. Weil ich ihn nicht nur von außen betrachten, sondern zugleich von innen spüren konnte. Es war eine seltsame Eigenschaft, die eine Kinderärztin mal als doppelte Wahrnehmung bezeichnet und dabei ihren Blick so in mich versenkt hatte, dass ich unter die Behandlungsliege gekrochen war. Wie auch immer, ich war wütend, dass die Teile so gleichmäßig zueinander passten. Vielleicht auch erregt, auf jeden Fall breitete sich in mir wieder etwas aus. Ich versuchte, den Käfig zu bewegen, ich wollte, dass der eingesperrte Mensch später von allen Seiten betrachtet werden könnte. Also lötete ich einen kurzen Metallstab auf eine Stahlplatte und führte ihn in die untere Fläche ein, dachte »Penetration« dabei, neun Mal, stoppte, da ich nicht in den zweistelligen Bereich wollte mit dem Wort. Der Käfig ließ sich nun zwar ruckartig drehen, aber die Platte war ein Fremdkörper, und die Konstruktion mit dem Stab kam mir wie ein billiger Trick vor, zumal er durch den Boden hindurch sichtbar war. Der Käfig hatte keine Dynamik. Durch das Loch war er sowieso kaputt. Ich trat mit dem Fuß gegen das Holz, ein Stab knackte. Was etwas in mir auslöste, wie eine Ejakulation im Kopf, die den Druck abbaute. Ich hatte jetzt eine Idee, was ich tun wollte. Den Käfig zu bauen, war nur eine Vorbereitung gewesen.

Mit einer Schubkarre brachte ich den Käfig zur Feuerstelle am Waldrand. Schwer war er geworden, stark auch in seiner Form und Symmetrie. Ich betrachtete die Stelle, an der die Axt mit ihrem Blatt die Stäbe berührte. Der Anblick wühlte mich auf.

Zunächst hämmerte ich Nägel in den Käfig. Manche trieb ich tief hinein, andere knickten, ich schlug sie der Länge nach ins Holz, bis sie wie falsche Zeichen darin fast versanken. Dann nahm ich die Axt, hob sie an, konnte mich selbst riechen, war bereits verschwitzt vom Schieben und Hämmern und schlug zu. Die Verletzung an der Schulter riss auf und blutete wieder. Ich zerhackte die Stäbe, es klirrte, wenn das Blatt auf einen Nagel traf, dann krachte die Decke auf den Boden. In den Platten blieb die Axt öfter stecken, und ich zog sie keuchend wieder heraus. Es war anstrengend, doch ich konnte erst aufhören, als nichts mehr von dem Käfig erkennbar war, nur noch faustgroße Holzstücke um mich herum lagen. Ich warf sie in die Feuerstelle und zündete sie an. Die Flammen flackerten, züngelten mal an dieser Stelle, mal an jener. Dann umschloss das Feuer das Holz. Schwärzte es, die Nägel begannen rot zu leuchten. Sie lösten sich, während das Holz eine weiß geschuppte Haut bekam, glühend zerbrach und schließlich zu Asche wurde.

Kaspar filmte mich, wie ich da am Feuer stand, ohne dass ich davon etwas mitbekam: die Kapuze über meinem Kopf, der Pullover mit dem Blut auf der Schulter, Schweißflecken am Rücken, die schwarze Hose mit der eingerissenen Tasche. Man sieht, wie groß ich bin, meine gekrümmte Haltung, weil ich mich früher dafür schämte. Und als das aufhörte, mir die Menschen egal wurden, musste ich mich weiterhin beugen, zu einem Arbeitstisch zum Beispiel. Das Feuer ist gar nicht zu sehen, so nah ist Kaspar an mir dran. Schwaden ziehen vorbei, das Bild verpixelt, es kann das Schemenhafte des Rauchs nicht abbilden. Ich bewege mich nicht auf dem Video, die ganzen dreiundzwanzig Minuten, die es dauert.

Die Nägel holte ich mit einem Magneten aus der Asche, warm lagen sie in meiner Hand. Die Asche selbst nahm ich in einem Topf mit. In meinem Zimmer füllte ich sie schließlich in ein Glas mit Schraubverschluss. Ich mochte es, wie es schwarz einstaubte, wenn ich es schüttelte, und kleine Brocken Schlieren hinterließen. Mit Filzstift schrieb ich das Verbrennungsdatum auf den Deckel. Ich war müde an diesem Tag, konnte das Feuer in meinen Klamotten riechen. Ich spürte das Hacken in den Armen und den Schenkeln, betrachtete die rußigen Falten meiner Hände, versorgte meine Wunde, die nicht recht heilen wollte und eiterte. In der Nacht schlief ich tief und traumlos.

Dass ich den Menschenkäfig zerstört hatte, wirkte in mir nach. Es machte mich ruhig, fast so, als wäre ich wie die anderen. Ich ließ mich sogar dazu überreden, mit den Jungs aus meinem Jahrgang ein paar Körbe auf dem Platz hinterm Neubau zu werfen, die dies mit einem Ernst betrieben, den ich verstand und zugleich für fehlgeleitet hielt. Weil ich so groß war, bekam ich den Ball oft zugespielt, und es fiel mir leicht, Treffer zu erzielen, auch ohne Training. Und ich arbeitete mit Frau Geißler, meiner Mentorin, an meiner Rechtschreibung. Meist waren unsere Treffen eine Qual. Jetzt sprach ich sie von mir aus an, und sie setzte sich, erleichtert und zufrieden, so schien mir, zwei Stunden neben mich, was auszuhalten war. Sie half mir mit s, ss und ß, Schloss mit kurzem O, Schoß mit langem, so irgendwie, es würde sowieso nicht in meinem Kopf hängen bleiben, und wir übten Kommasetzung bei Relativsätzen. Ich hatte danach diesen metallischen Geschmack im Mund, den ich bei so vielen Erwachsenen wahrnahm, wenn ich ihnen zu nahe kam. Am frühen Abend ging ich mit Kaspar nach Schelklingen, durch den Wald, damit wir nicht an der Straße zufällig einem Lehrer begegneten. Wir kauften uns Cola im Supermarkt, liefen durch die Fußgängerzone und planten unser Wochenende bei Lilli, seiner Mutter. Wobei unsere Planung darin bestand, Filme auszuwählen, die wir sehen wollten. Selbstverständlich nichts Aktuelles oder Serien, die im Quellspring rauf und runter besprochen wurden. Ich rollte dann mit den Augen, wobei ich sowieso kaum Adressat für diese Erzählungen war. Kaspar hörte immer zu, mit starrem Blick, was mich erkennen ließ, dass er nur begrenzt interessiert war. Wenn Kaspar etwas wirklich faszinierte, flatterten seine Augen und flogen über das Gesicht seines Gegenübers, als wollte er alles auf einmal aufnehmen, auch die Lippen wurden voller. Wie jetzt auch. *Stalker,* schlug Kaspar vor. Ich war für *Blade Runner,* unseren Lieblingsfilm. Wir setzten noch *Die dreibeinigen Herrscher* und *Matrix* auf die Liste.

Lilli schlang sich den schwarzen Schal um den Hals, es war kalt auf der Terrasse, sie zog an ihrer selbstgedrehten Zigarette, sie hatte die dünnen Blättchen genommen, bei denen der Tabak durchschien. Ihr Gesicht wurde beim Inhalieren noch schmaler, sie blies den Rauch nach oben aus. Lilli rauchte gerne, zelebrierte es, als sei es ein Ausdruck von Autonomie. Dann sah sie mich an, zwischen dem blonden Pony hindurch, fast so, als sähe sie mich eben zum ersten Mal. Es schien ein, zwei Sekunden zu dauern, bis sie wieder alle Informationen beisammenhatte, dass Kaspar und ich zu Besuch waren, dass wir gemeinsam auf der Terrasse saßen, solche Dinge.

»Konrad«, sagte sie, »ich habe eine Hose für dich genäht«, sie nahm noch einen Zug, »für deine Arbeiten. Dass du dich frei bewegen kannst.«

Kaspar lächelte mich an. Er hatte die gleichen schönen Lippen wie Lilli, eine feine Nase. Nur sein Gesicht war runder. Die Hose war wundervoll, aus grünem Cord mit braunen Bändern am Bauch und an den Knöcheln. Die Innentaschen waren aus roter Seide. Sie passte genau. Ich rannte in den Garten, hüpfte mit gegrätschten Beinen in die Luft und stelzte wie ein Storch. Kaspar und Lilli lachten.

»Danke.« Ich sah in Lillis blaue Augen. Sie blies sich nervös ihren Pony zur Seite. Zum ersten Mal fielen mir die rosa schimmernden Tränensäcke auf. »Ich möchte dir den Pony schneiden«, sagte ich.

Lilli griff sich in die Haare. »Sind sie zu lang?«

Sie ging in das Haus, es war von einer strengen Geometrie, nur Beton und Glas. Lilli und Kaspar kamen mir wie

Fremde darin vor, nur wenige Gegenstände schwangen in ihrer Frequenz. Die matten Gläser, die Lilli zusammen mit dem Weißwein und den Eiswürfeln brachte, die stumpfe Küchenschere, der alte Plattenspieler, auf den sie »The Cure« auflegte, Musik aus ihrer Jugend. Die Gitarre, ein eingängiger Rhythmus und das wehklagende Singen erklangen. Nach zwei Schlucken war mir schummerig vom Alkohol. In diesem Zustand griff ich Lillis Pony und schnitt zwei Zentimeter ab. Ihre Haare rochen nach Apfel und Tabak.

Una mochte Lilli, auch wenn sie sich nur wenige Male auf irgendwelchen Feiern im Quellspring getroffen hatten, Lilli meist schon mit Silberblick vom Trinken und Una zu alledem schüchtern. Beide waren sie keine richtigen Mütter. Una war offiziell immer nur mein Kindermädchen gewesen, dabei war sie die beste Mutter, die ich mir vorstellen konnte. Lilli hatte Kaspar zwar geboren, unzweifelhaft. Sie waren sich so ähnlich in allem. Aber im Vergleich zu den Müttern, den strengen oder nachgiebigen, den attraktiven oder matronenhaften, die ich im Quellspring beim Abholen und Bringen an den Wochenenden beobachtete und die ich alle ablehnte, war Lilli anders. Sie war wie wir, als wäre sie so alt wie wir. Auch verloren in gewisser Weise.

Nach dem Haarschnitt hielt Lilli sich den Spiegel vors Gesicht, dann malte sie sich mit einem Kugelschreiber eine Träne unter ihr Auge.

»Geraldine Chaplin«, sagte sie und lächelte.

»Knacki«, sagte ich und machte es ihr nach. Dann markierte ich Kaspar, dessen Blick dadurch noch magischer wurde.

So war es, wenn ich mit Kaspar an den Wochenenden zu Lilli fuhr und nicht im Quellspring blieb, mit den wenigen traurigen Gestalten, deren Eltern im Ausland waren oder sich gerade scheiden ließen, was weiß ich. Oder wie Robert immer arbeiten mussten. Kaspar schlief in seinem Kinderzimmer, ich im Gästezimmer daneben. Nachts ging Lilli durchs Haus. Es war weniger, dass ich sie hörte, Lilli war ein leiser Mensch, sie öffnete und schloss die Türen behutsam. Es war ihre Unruhe, die ich spürte. Ihre Sehnsucht, die richtungslos war. Der Geruch von Zigaretten drang in mein Zimmer. Ich setzte mich auf und sah aus dem Fenster. Lilli lief im Nachthemd mit nackten Füßen durch den Garten, die Zigarette glühte seitlich am angewinkelten Arm. Am Morgen klemmte ein Zettel unter einer Schale auf dem Tisch. »Kaiser und König! Granola gemacht für euch, ein verbotener Apfel liegt auch dabei. Schlafe länger. Lilith.« Später, bei ihrem ersten Kaffee, würde sie vom Ausland sprechen, dass sie gerne wieder ginge, sie träumte von Mexiko oder Rumänien, jedes Mal ein anderes Land. Sie sagte, dass sie es kaum noch aushalte in Deutschland, aber Kaspars Papa, der habe jetzt ja diese Position, doch wer weiß, sie wäre innerhalb eines Tages bereit. Das alles hier brauche sie nicht. Mit der Hand wischte sie durch den großen Wohnraum. Tildas Aquarium und die Fische, die müsse sie gut einpacken. Kaspars Zeichnungen.

Kaspar zeichnete nie, wenn jemand dabei war. Es war ihm unangenehm. In der Werkstatt saß er mit dem Rücken zu den anderen am Fenster, den Körper schützend über das Papier gebeugt, unter dem Shirt bildeten die Dornen der Wirbelsäule einen geschwungenen Bogen, den ich gerne berührt hätte. Kaspar skizzierte mögliche Bilder, er fing nicht mit ihnen an. Einmal traf ich ihn in den frühen Morgenstunden in der Werkstatt, ich wollte zu meinem Käfig, Kaspar packte rasch seine Stifte ein und rollte das Bild zusammen. Wenn er Zeit hatte, malte Kaspar in seinem Zimmer. Es begann mit einer Straße und einem Mann, der auf einem Stein saß. Schwarze feine Linien auf weißem Papier. Der Mann erhielt Furchen im Gesicht, Falten auf der Stirn, Geröll lag plötzlich auf der Straße. Als ich das Bild das nächste Mal sah, war die Straße zugewuchert, der Mann trug jetzt ein schwarzes Gewand. Dann war er hinter einer Wand verschwunden, die alles verstellte, von ihm blieb nur sein aufgerissenes Auge, sichtbar durch ein Loch in der Wand. Ich bat Kaspar, aufzuhören. Doch Kaspar war unzufrieden. In Phasen, in denen er viel zeichnete und in gleichem Maße zweifelte, schlief er manchmal im Unterricht ein, wurde jedoch sofort wieder wach, sobald ich ihn berührte. Er hatte seinen Kajalstrich dick gezogen, und nachmittags war er meist in den Augenwinkeln verschmiert.

Ich hatte Splitter in den Händen. Manche wanderten tiefer, entzündeten sich. Es war mir egal, solange ich arbeiten konnte. Während des Unterrichts, der ganzen öden Zeit, verbanden mich die Splitter mit dem, was ich wirklich machen und wo ich weiterkommen wollte. Ich rieb mit dem Daumen über sie, knabberte an ihnen, versuchte, sie herauszuschieben, fuhr dann mit der Zunge über sie, so lange, bis die Stelle taub wurde.

Und dann, ich trug mich nun selbst in die Liste ein, war ich wieder in der Werkstatt. In der wenigen freien Zeit, die einem überhaupt auf dem Quellspring gewährt wurde, schließlich bestand die Gefahr, dass die Schüler ihre Verlassenheit spüren oder auf eigene Gedanken kommen könnten, und beides war durch ein eng getaktetes Programm zu vermeiden. Ich griff nach dem Holz, das Mannhofen immer in großen Mengen bereitliegen hatte, spürte seine Feuchte, wenn es ein frischer Schnitt war, die Trockenheit, die Wärme, je nachdem, wo es gelagert gewesen war. Das Raue, das ich ihm nehmen oder in etwas anderes verwandeln wollte. In einen gefangenen Menschen, auch wenn es den Käfig nicht mehr gab. In Mannhofens Gesicht sah ich, dass er erleichtert war, als er meine Skizze betrachtete. Der Käfig hatte ihn geängstigt, ich hatte das gespürt, auch wenn er ihn mit Sätzen wie »und hinter tausend Stäben keine Welt« zu verstehen versuchte, was mich gerührt hatte, weil er den Käfig auch von innen wahrnehmen konnte, wie ich.

Nun also ein Mensch, klein genug, um zwischen den Stäben durchzuschlüpfen, trotzdem gefangen. Mannhofer ließ mich die verschiedenen Holzarten ausprobieren, und ich wusste sofort, dass ich mit hartem Holz arbeiten wollte, auch wenn es schwieriger zu bearbeiten war, dafür war meine Arbeit massiver zu sehen. Ich lernte mit der Säge das Holz so zuzuschneiden, dass die Figur bereits im Groben sichtbar wurde, was großartig war, auch mit verschiedenen Eisen und dem Klüpfel umzugehen. Der Mensch bekam einen kleinen, schmächtigen Körper, der Kopf überdimensional und mit überdreht nach oben gerichtetem Gesicht, der Mund schrie.

Zu meinem siebten Geburtstag hatte Una mir einen Brandmalkolben geschenkt. Ich hütete ihn, wie alles, was ich von Una hatte. Eingewickelt in ein Tuch lag er unter meinem Bett. Er funktionierte noch. Sobald ich ihn in der Werkstatt in die Steckdose steckte, wurde seine Spitze heiß. Ich nahm ihn in die Hand, und für einen Moment saß ich wieder in meinem Kinderzimmer, die Beine baumelten hin und her, die Zehen schleiften über den Boden, ich zerbiss mir die Innenseite des Mundes und verzierte Holz, das ich im Wald gesammelt hatte, mit meinem Kolben. Jetzt setzte ich ihn an meine Figur an. Meine Finger wussten noch genau, wie er anzuwenden war. Ich brannte tiefe Falten ins Holz, schwärzte die Augen. Als Mannhofen mich mit dem Kolben sah, holte er einen Gasbrenner, mit dem ich die Oberfläche abflammen konnte, wodurch sie dunkler wurde und das Geschnitzte deutlicher hervortrat. Kerben, die ich später hinzufügte, wirkten dadurch wie frische Wunden.

Die nächste Figur bekam einen futuristischen Schnabel, die Nase verlängert bis auf die Brust, der Mund fehlte, so dass sie zu einer sprachlosen Kreatur zwischen Mensch und etwas Fremdem wurde. Am Kopf öffnete ich die Schädelplatte, zu dem, was nicht gesagt werden, nicht rauskonnte.

Die tiefen, spiegelgleich angesetzten Schnitte, die ich nach dem Abflammen hinzufügte, sahen aus wie ein platt gedrückter Krebs. Er ekelte mich. Das Gefühl war so heftig, dass ich das Wesen an der Feuerstelle verbrennen musste. Es würde nur noch als Aschehaufen im Käfig liegen.

Ich brauchte also noch mal einen Käfig, er konnte kleiner sein, und ich wollte ihn organisch aus dem Holz schälen. Er sollte keine Bruchstellen haben, bevor ich sie ihm nicht zufügte. Ich wusste, dass ich dafür eine Kettensäge brauchte. Anders ging es nicht. Ich wollte das Holz hart bearbeiten, tiefe, heftige Schnitte vornehmen. Ich wollte brutal sein und darin ganz sanft. Mannhofen würde traurig den Kopf schütteln, ich musste ihn gar nicht fragen, zumal er keine Kettensäge hatte. Und Pohl würde mir seine auch nicht geben, die, die er für den Garten hatte und in einem abgeschlossenen Schuppen verwahrte. Er war sowieso irritiert, wenn er mich außerhalb der offiziellen Zeiten in der Werkstatt antraf, mal abgesehen von dem, was ich da baute. Ohne Mannhofen wäre das nicht möglich gewesen, er schützte mich, auch anderen gegenüber, gab meine Arbeit, wenn nötig, als zusätzliche Betreuung aus.

Schon dass ich an der Feuerstelle im Wald etwas verbrannt hatte, war Thema der wöchentlichen Konferenz gewesen. Doch letztlich war die Feuerstelle dazu gedacht, und es war nicht zu beweisen, dass ich es war, der das Feuer gemacht hatte. Die Urnen in meinem Zimmer kannte außer Kaspar sowieso niemand. Trotzdem hatte sich die Diskussion wohl ausgeweitet. Es reichte ihnen nicht, dass ich zum Werken ging. Ich kannte das schon. Immer mussten sie noch eins draufsetzen, um einen gefügig zu machen. Als sei das der Weg. Es wurde mir daher nahegelegt, so sagte Frau

Geißler es, »wir legen dir nahe«, dabei stand der Termin schon fest, also ich wurde gezwungen, eine Psychotherapeutin in Schelklingen aufzusuchen. Frau Lachs. Sie hatte wirklich eine rosafarbene Bluse an, als sie mir die Tür öffnete. Und sie war ziemlich entspannt. Nachdem ich nicht auf ein Gespräch einstieg, sondern nur auf meine Stiefel starrte, trank sie ihren Kaffee aus und ordnete ihren Schreibtisch.

»Ich freue mich, Sie nächste Woche wiederzusehen, Herr Schaut«, sagte sie, als die Zeit um war, und hielt mir ihre Hand hin, die ich nicht ergriff.

»Frag Lilli«, sagte Kaspar, »sie kauft dir eine Kettensäge, ganz bestimmt.«

Sie machte es tatsächlich. Mehrere Male rief sie mich an, und wir diskutierten, was die Säge so alles können müsse. Es war mir unangenehm, dass Lilli so viel für mich tat, und zugleich spürte ich, mit welcher Freude sie in die Fachgeschäfte ging, sich beraten ließ, Sägeblätter, Länge, Voltstärken, sogar Abstand und Winkel der Zähne miteinander verglich. »Halb- oder Vollmeißel?«, hatte Lilli sich auf einen Zettel geschrieben. Und ich verglich die Zahnformen der Ketten im Internet, um ihr eine Antwort geben zu können.

»Was wollen Sie denn damit?«, soll ein Verkäufer sie gefragt haben. »Ist sie für kleinere Arbeiten an Hecken gedacht oder für Baumarbeiten?«

»Für Kunst natürlich«, hat sie erwidert.

Mannhofen fragte mich, ob ich zur jährlichen Präsentation der Quellspringschule etwas zeigen wolle.

»Es gibt nichts zu zeigen«, antwortete ich. Der Menschenkäfig schlummerte noch in irgendeinem Holzblock, alles andere hatte ich verbrannt.

»Und das Video?« Mannhofen wirkte immer so zerstreut, mit seiner leisen Stimme, aber er schnitt alles mit. Er sagte niemals etwas, wenn ein Schüler abschrieb. Ich glaube, es war ihm sogar unangenehm, während einer Klausur im Raum anwesend zu sein. Mal abgesehen davon, dass er Noten sowieso für unnötig hielt. Regelmäßig gab es wohl Ärger in den Klausurkonferenzen, weil er nur Einsen verteilte, sodass er sich oftmals zum Ende des Schuljahrs krankschreiben ließ.

»Welches Video?«, fragte ich.

»Vielleicht hast du mal was aufgenommen. Oder Kaspar.«

»Nein«, sagte ich. Und dann: »Ich zeige die Asche.«

Mannhofens Augen weiteten sich, er wusste nicht, dass ich sie aufbewahrte. »Schreibst du einen Text dazu?«, fragte er.

»Nein.«

Und dann fuhren die Eltern mit ihren Autos vor, um das Leben ihrer Kinder zu besichtigen, vor allem aber, um sich zu versichern, dass alles gut sei. Rüders und die anderen bemühten sich, auch genau das zu vermitteln. Im Foyer waren die großen Arbeiten zu sehen, Aktzeichnungen und Stillleben, grob gekörnte Schwarz-Weiß-Fotografien. Sie waren kunstvoll, ohne wehzutun. Kaspars schwarz schraffierte Flächen, hinter denen ich Welten wusste, die aber nicht mehr zu sehen waren, und meine zugeschraubten Gläser wirkten dagegen seltsam und fremd und waren im Durchgang zu den Klassenzimmern platziert.

Robert war mit Pauline gekommen. Als ich sie am Buffet stehen sah, in der Schlange, wirkte sie wie eine Schülerin, die so frech gewesen war, sich vorzudrängeln. Und noch jemand wirkte zwar nicht so, aber fühlte sich unwohl, das wusste ich, all die Jahre, die sie immer kam. Una. Meist reiste sie mit dem Zug an. Robert ließ es sich nicht nehmen, sie vom Bahnhof abzuholen. Dabei wäre sie gerne zu Fuß gegangen. »Eine Freundin der Familie«, stellte Robert sie vor. Einmal hatte ich ihn sagen hören: »Sie hat Konrad großgezogen.« An diesem Satz war alles falsch. Ich zerrte sie von Robert mitten im Gespräch weg, von allem weg, wäre am liebsten mit ihr in den Wald gegangen. Das Ganze war ihr unangenehm, und es tat mir leid im Nachhinein.

Una bewegte sich vorsichtig durch die Räume. Ich blieb an ihrer Seite. Ruhig betrachtete sie die gefüllten Gläser. Robert und Pauline stellten sich dazu.

»Sind das Urnen?«, fragte sie.

Ich nickte.

»Von was?«

»Sachen aus Holz, ein Schreikopf und so«, sagte ich.

»Möchtest du sie noch ausstreuen?«, fragte Una.

»Warum sind sie verbrannt?«, fragte Pauline.

»Weil ich sie zerstören musste«, sagte ich.

»Scheint in der Familie zu liegen«, sagte Robert.

Ich sah, wie Pauline ihre Hand auf Roberts Arm legte. Una errötete. Für mich. Mittlerweile war sie Anästhesistin an einer Klinik in Frankfurt. Da trat sie bestimmt souverän auf. Und doch errötete sie immer noch für mich. Weil ich es nicht konnte. Ich dachte und nahm das alles innerhalb eines Bruchteils einer Sekunde wahr, noch schneller als sonst. Ich ergriff eines der Gläser und warf es auf Robert, direkt in sein Gesicht. Er duckte sich weg. Das Glas zersplitterte hinter ihm auf dem Boden, Asche verteilte sich wie eine Sternschnuppe mit ausladendem Schweif über die Fliesen, eine Scherbe landete auf dem Schuh einer alten Dame. Pauline schrie. Ich versuchte, ruhigen Schrittes davonzugehen. Meine Beine waren weich, ich dachte kurz, ich würde umknicken. Erst als ich das Foyer verlassen hatte, die Menschen und ihre Blicke nicht mehr spürte, rannte ich.

Una klopfte dreimal an meine abgeschlossene Tür und sagte meinen Namen. Später saß Kaspar davor und berichtete, da er genau wusste, dass ich nur wenige Zentimeter entfernt von ihm auch auf dem Boden saß, mein Kopf auf seiner Höhe, im Grunde angelehnt an seinen, nur die Tür dazwischen, Kaspar musste nicht mal laut sprechen. Er berichtete also, wie Rüders Robert zum Auto gebracht, wie er mit bedeutender Miene und in seiner vermeintlich bedächtigen Art mit Robert gesprochen habe. Wie Pauline nervös eine Zigarette geraucht und sie auf dem Boden ausgetreten, und Rüders diese auf dem Rückweg aufgehoben und in der hohlen Hand weggetragen habe. Dass Mannhofen mit verheulten Augen gegangen sei, und Lilli erst beim dritten Versuch ihr Auto habe aufschließen können. Sie sei aber ohne Unfall zu Hause angekommen und habe ihm noch zwei Nachrichten geschrieben: »Küsse den König!« Und: »Lang lebe die Revolution!« Kaspar ließ mir ein Stück Kuchen vor der Tür stehen, eine Sahneschnitte, die ich abends am offenen Fenster aß.

Rüders berief am nächsten Morgen eine Konferenz ein, bei der er ziemlich ausgeflippt sein muss. Er soll geschrien haben, warum ich hier munter rumzündeln dürfe, ich würde noch das ganze Internat abfackeln. Und ich hätte einen gefährlichen Geist. Was mal wieder zeigte, wie eindimensional die Menschen waren, unfähig, über das Vordergründige hinaus etwas wahrzunehmen. Das sah ich ja auch an Robert.

Auf jeden Fall soll in dieser Konferenz von Schulverweis und Psychiatrie die Rede gewesen sein. Ich war nicht an diesen Flurfunk angeschlossen, aber Kaspar erzählte es mir, der auf eine geschmeidige Art mit vielen Menschen Kontakt hatte und von allen gemocht wurde. Zum Glück verbrachte ich schon regelmäßig einmal die Woche schweigende fünfzig Minuten bei Frau Lachs. Ich hätte mittlerweile eine Skulptur meiner Stiefel machen können, so genau betrachtete ich während der Sitzung das Material, die feinen Verästelungen auf dem Leder, die zeigten, wie Nerven oder Kapillaren des Tieres verlaufen waren. Einmal puhlte ich den Dreck aus der Sohle und sortierte Erde, kleine Zweige und Samen in meiner Hand. Frau Lachs beobachtete mich von ihrem Schreibtisch aus und legte schließlich ein Blatt Papier vor mich auf den Boden. Ich ignorierte das Angebot, schaffte es weiterhin, ihr nicht mal in die Augen zu sehen, und ließ den Dreck am Ende der Stunde in meine Hosentasche rieseln. Rüders wusste das alles nicht, dass ich schwieg und quasi intensiv meditierte und dass Frau Lachs Formulare ausfüllte und Termine in ihren Kalender eintrug. So wurden zunächst die Sitzungen auf zwei pro Woche erhöht. Ich wurde einem neuen Mentor zugeteilt, Herrn Wolf. Und ich bekam Werkstattverbot, auf unbestimmte Zeit. Frau Geißler überbrachte mir die Nachricht, zog eine Schnute dabei und verließ schon wieder das Zimmer.

Die nächsten beiden Tage versuchte Robert, mich zu erreichen, bis ich seine Nummer blockierte. Daraufhin rief Rüders mich in sein Büro und hielt mir den Hörer hin, ohne mich anzusehen. Die Tür hinter mir war geschlossen. Draußen hörte ich den Kopierer summen und Frau Bürgels Stöckelschuhe auf den Parkettboden hacken. Ich presste die Lippen zusammen, Rüders sagte ins Telefon: »Ich gebe ihn Ihnen.« Der Hörer berührte mein Ohr.

»Koni? Hör zu, es tut mir leid, wenn ich dich provoziert habe. Ich verstehe deine Wut. Bist du dran?«

»Ja.«

»Ich versuche, dir das Beste zu geben. Dir mangelt es doch an nichts. Du genießt eine gute Ausbildung. Du hast viele Freiräume dort, mehr als andere Kinder in deinem Alter.« Er sagte allen Ernstes Kinder. Der Idiot. »Siehst du das? – Koni? Antworte mir bitte. Siehst du das?«

»Ja«, sagte ich. Rüders sortierte Papiere auf seinem Schreibtisch. Es war so widerlich, wie er geschäftig tat.

»Hör zu. Das wollte ich dir noch sagen.« Robert machte eine Pause, und ich fragte mich, ob er nun meine Mutter ansprächе, schließlich hatte er mit seinem doofen Spruch auf sie gezielt.

»Es gibt eine Veränderung bei mir«, fuhr Robert fort, und mir war klar, dass er es nie tun würde. »Ich werde ins Ausland gehen für einige Zeit, nach Vancouver, beruflich. Pauline kommt mit. Und du kommst uns in den Ferien besuchen, gleich im Sommer. Was sagst du dazu?«

»Okay.« Völlig egal, dachte ich, wo er ist. Trotzdem bewegte sich der Boden, und ich hielt mich am Tisch fest.

»Vorher verabschieden wir uns. Ich komme noch mal vorbei. Ich möchte gerne deine Arbeit sehen. Ich habe Herrn Rüders gesagt, dass ich dich unterstütze. Du darfst wieder in euer Atelier.«

»Danke.« Ich musste einen Schritt machen, um den Hörer auf die Gabel zu legen. Ich hörte Robert noch entfernt meinen Namen sagen. »Konrad.«

Am Tag, als Robert kam, um sich zu verabschieden, lief ich in den Wald. Ich hatte einen Rucksack mit einer Thermoskanne Tee, Schokoriegeln, Toilettenpapier, einem Spaten, einer Decke, einem Schnitzmesser vorbereitet. Zunächst streifte ich umher. War überrascht, als ich die Hauptstraße zwischen den Bäumen sah, da ich dachte, mich südlicher gehalten zu haben. Ich fragte mich, ob Robert schon mit seinem Auto vorbeigefahren war, die nervöse Pauline auf dem Beifahrersitz. Doch ich konnte ihn nicht spüren, keine Gesprächsfetzen erahnen, über mich oder Vancouver. Ich machte kehrt und lief in entgegengesetzter Richtung weiter.

Später saß ich an einen Baum gelehnt und schnitzte Stöcke, so spitz, dass sie die Fingerkuppen verletzten, wenn ich nur fest genug drückte. Erst wenn ein Tropfen Blut entwich, legte ich den Stock beiseite und suchte mir einen neuen und eine neue Stelle an den Fingern. Die Speere häuften sich vor mir an. Der Boden war feucht, und Kühle kroch in mich hinein. Später bettete ich meinen Kopf mit der Decke auf eine breite Wurzel. Ich deckte meine Beine zu mit Laub, Moos und Geäst, was ich um mich herum finden konnte, und legte mir die Speere längs und quer auf die Brust. Spielte ein umgekehrtes Mikado: Wenn ich die Arme nur langsam bewegte, konnte ich sie drapieren, und sie rollten nicht herunter. Sie lagen schließlich still obenauf, ich rührte mich nicht mehr, atmete nur flach. Über meine Hände liefen Tierchen. Meine Fingerspitzen taten weh. Am Baum über mir hingen kleine Kugeln, an einem Zweig zitterte noch ein vom Herbst übrig gebliebenes Blatt. Schwarz zeichneten sich die Äste gegen den Himmel ab, dabei war noch heller

Tag. Die weißen Wolkenschlieren bewegten sich nur langsam.

Ob meine Mutter sich auch im Wald versteckt hatte. Ob Spürhunde sie gesucht haben. Hatten sie ein Hemd von ihr an die Schnauze gehalten bekommen? Wie sah es aus, das Hemd, und warum gerade dieses? Weil es im Wäschekorb gewesen war, getragen? Oder hatte meine Mutter alles gewaschen, bevor sie ging?

Ich wusste es nicht. Ich wusste es doch. Robert hatte keine Vermisstenanzeige aufgegeben. Er hatte sie nicht suchen lassen. Er wusste, dass sie lebt. All die Jahre. Ich bin in dieses nie ausgesprochene und doch eindeutige Wissen hineingewachsen. Dass morgens hinter den Jalousien Licht erscheint und ich mich wieder bewegen darf, die unendliche Angst vorbei ist, in der Schlimmes passiert, wenn ich mich auch nur rühre. Dass Una nachts auf Zehenspitzen über den Flur geht und ich sie nicht rufen kann wegen der Unbeweglichkeit. Dass ich dreiundzwanzig Schritte vom Tor zum Eingang der Grundschule machen muss, sonst verletzt sich jemand an diesem Tag, auch, wenn ich mich verzähle. Und dass meine Mutter lebt. Auch wenn es kaum noch Spuren von ihr gab. Auf jeden Fall kein Hemd. Vielleicht hatte sie den Stoffhasen, der immer schlief, für mich gekauft. Hatte das Etikett mit den Pflegesymbolen säuberlich herausgetrennt und die Stelle wieder zugenäht. Die CDs, die Robert nie hörte, vielleicht war eine von ihr darunter.

Eines Tages war ein Foto aus einem Buch herausgefallen. »Urban Infrastructure in Transition«, so hieß das Buch, ich weiß nicht, warum ich es aus dem Regal genommen hatte. Meine Mutter hält die Kamera am ausgestreckten nackten Arm, schlank und wohlgeformt ist er. Ihre Haare sind streng nach hinten gekämmt, sie trägt ein ärmelloses Oberteil mit einem Rollkragen, eine Kette mit einem runden Anhänger liegt auf dem schwarzen Stoff auf. Schön ist sie, das Kinn leicht vorgeschoben, ein sachtes Lächeln auf den Lippen. Robert sitzt hinter ihr, lehnt sich seitlich an ihr vorbei zur Kamera. Er trägt eine schwarze Wollmütze, längere Haare schauen unterhalb der Ohren heraus, ein schwarzes T-Shirt und eine große Uhr am Handgelenk. Er hält den Kopf schief.

Ich stand wieder auf, mit tauben Beinen und wunden Fingern. Meine Mutter hatte schließlich auch irgendwo weitergemacht. Kurz bevor ich den Innenhof des Quellsprings betrat, Roberts Auto war längst wieder abgefahren, ich wusste es, ich musste gar nicht nachgucken, wurde mir so übel vom Gedanken an Lena, dass ich mich auf den Boden erbrach, kakaofarbige klebrige Flüssigkeit.

Danach wurde ich das, was ich eigentlich sowieso schon war, was ich bauen und zerstören wollte: ein gefangener, rotierender Mensch. Ich taumelte durch die Tage. Prallte ich wo dagegen, bekam ich eine andere Richtung, bis ich gegen ein neues Hindernis stieß. Von der Andacht ging ich in den Unterricht, danach in die Mensa, verteilte Teller, Servietten, hielt eine Gabel mit einem aufgespießten Brokkoli, in der Ferne das Murmeln von Menschen, das Kratzen von Besteck auf Tellern.

Ich saß in meinem Zimmer, bis Herr Wolf mich für einen Spaziergang abholte und ich durch den Wald neben ihm herging. Dann rief mir jemand zu, ich solle den Ball abspielen, irgendwie war ich in der Basketball-AG gelandet. Und so weiter.

Am Rande bekam ich mit, dass die Schülerinnen und Schüler der Oberstufe eine Party in der Werkstatt planten. Synke kam zu mir, klopfte an meine Tür und trat dann ein, nachdem ich nicht reagiert hatte. Direkt und ohne sich umzusehen, fragte sie, ob sie meine Werkzeuge zur Seite räumen könne. Die vielen Holzstücke seien eine Stolperfalle oder eine wunderbare Sitzgelegenheit und sie wisse nicht, ob mir das recht sei. Daran, mich einzuladen, dachte sie nicht. Auch wenn ich sowieso nicht gekommen wäre, versetzte es mir einen Stich.

»Warum feiert ihr nicht woanders?«, fragte ich.

»Komm, Konrad, der Raum ist genial. Mit den großen Fenstern, der Tür nach draußen, dass wir dort laut sein können, ohne jemanden zu stören.«

»Warum?«, fragte ich noch mal.

»Weil wir feiern wollen.«

»Weil du ficken willst.«

»Im Ficken kann sehr viel Schönheit liegen.«

»Du solltest Influencerin werden.«

»Mit dir ist einfach kein Gespräch möglich.«

»Doch: Mach die Tür von außen zu. Bitte, danke. Hier hast du dein Gespräch. Oder das, was du dafür hältst.«

»Du machst es einem nicht leicht, dich zu mögen, Konrad.«

Ich wollte sie am liebsten schlagen, aber Synke hatte die Tür tatsächlich bereits von außen zugemacht.

Ich hörte die Party, am offenen Fenster sitzend. Dumpfe Beats und schrille Stimmen, dann flaute es ab, romantische Lieder waren zu hören, bis wieder jemand laut schrie, andere lachten und die Musik stampfend wurde.

Das war der Abend, als Kaspar zu mir kam. Ich sah ihn über die Wiese aufs Gebäude zugehen, seine Füße setzte er voreinander auf den Boden, wie ein Panther. Ich war mir sicher, dass er geräuschlos ging, selbst wenn ich direkt neben ihm gewesen wäre, hätte ich ihn nicht gehört. Sein Klopfen an meiner Tür war der erste Ton, den er erzeugte, dann öffnete er sie und lächelte mich an. Er setzte sich zu mir auf die Fensterbank, stellte seine Beine im Rahmen auf wie ich. Wir sprachen kein Wort miteinander. Kaspar hatte einen Joint mitgebracht. Ich betrachtete sein feines Gesicht, das von der Flamme des Feuerzeugs erhellt wurde, sah Lilli darin mitschwingen. Daran, dass Kaspar sich die Haare von den Augen wegblies und, immer wenn er mir den Joint reichte, sofort nach draußen blickte, merkte ich, dass er aufgeregt war. Schließlich schnippte er den Stummel in die Nacht hinaus, kniete sich auf dem schmalen Fensterbrett zu mir herüber, er war wirklich ein freier Panther, blies noch mal die Haare beiseite und küsste mich. Mit geschlossenen Lippen. Erst. Dann öffnete seine Zunge meinen Mund, sie schmeckte nach Rauch und Salz. Kaspar zog an meinem Shirt und lotste mich damit von der Fensterbank in mein Bett, ohne seinen Mund von meinem zu lösen. Unsere Münder blieben einfach verbunden, ohne viel zu tun. Kaspars Hände waren kalt, als er mein Shirt hochschob. Ich übernahm, zog es selbst aus, die Hose und die Unterhose, kniete nackt im Bett, sah abwartend zu, wie Kaspar sich auch entkleidete. Sein steifer Penis zeichnete sich unter der Unterhose ab. Ein feuchter Tropfen färbte den Stoff dunkler, das sah ich, als er sie abstreifte. Und das löste etwas in mir, das Rotieren hörte auf, und ich wusste, warum er dies hier tat. Ich wurde auch steif. Kaspar lächelte mich an, mit schief gelegtem Kopf, so warm und weich. Ich konnte mich in dieses Lächeln, in ihn fallen lassen. Es war ganz einfach. Mein Körper war wieder da. Konnte andocken an Kaspars Körper, ihn in mich gleiten lassen. Wir waren oft nackt im Schmiechener See baden, im »Sai«, wie die Einheimischen sagten, auch wenn das nicht erlaubt war. Ließen uns von der Sonne trocknen, beobachteten die Vögel am Himmel. Ich hatte ihn einmal im Rettungsgriff aus dem Wasser gezogen, ich weiß bis heute nicht, warum er untergetaucht und nicht mehr aufgetaucht war. Wie schlapp er auf mir gelegen hatte. Sein Rücken auf meinem Bauch, mein Mund an seinen nassen Haaren. Ich wusste ganz genau, wie Kaspar roch. Nach salzigen Minzblättern. Ich wusste nicht, wie er schmeckte, dass seine Eichel nach Pflaume schmeckte.

Nachdem wir uns so nahegekommen waren, ging unsere Freundschaft weiter wie zuvor, äußerlich auf jeden Fall, wir blieben Freunde, wir wurden kein Paar. Als ich Kaspar in der Mensa am nächsten Morgen begegnete, errötete er und bekam diesen nervösen Blick, der mich nicht halten konnte, der durch den Raum schwirren musste. Ich lächelte ihm zu, er bei den Getränken und ich an der Tür. Er lächelte zurück, sein Blick beruhigte sich. Trotzdem hatte sich etwas grundlegend verändert. Dass es ihn gab, verankerte mich. Ich war ihm dankbar dafür. Es bewirkte eine Weichheit in mir, ihm gegenüber, die mich selbst überraschte. Als wir einmal gemeinsam vor dem Sekretariat saßen und auf eine Bescheinigung warteten, berührte ich Kaspar mit meinem Finger unvermittelt am Unterarm, er hatte so dünne, helle Härchen dort. Sein Finger gesellte sich zu meinem, und wir fuhren nebeneinander seinen Arm hoch, Kaspar bekam Gänsehaut. Wir sahen es beide, beobachteten es genau, die kleinen Erhebungen der Haut, unsere Gesichter einander so nah, ich roch Kaspars minzigen Atem, ich spürte ihn auf meiner Wange.

Und ich betrachtete seine Bilder anders. Wenn ich genau hinsah, erkannte ich die darunterliegenden Schichten, sie waren gar nicht verloren. Unter einer Schraffur entdeckte ich einen Mann mit einer riesigen Säge in seinen Händen, das Schwert lag auf der linken Hand auf. Er beugte sich direkt vor, zum Zeichner, und hatte den Mund freudig aufgerissen.

Da einige der Mentoren mit ihren Familien in Quellspring lebten und ich immer noch unter Beobachtung stand, aß ich jetzt an den Wochenenden bei Wolfs mit. Robert war in Kanada, Kaspar mit seinem Vater und seiner Schwester unterwegs, da konnte ich nicht mit. Der Vater mochte mich nicht. Oder er wollte Kaspars Aufmerksamkeit nicht teilen. Dabei hatte Kaspar so viel davon, dass er, so fühlte es sich für mich an, alle Menschen damit beschenken konnte. Vielleicht hatte Kaspars Vater auch Sorge, Kaspar könnte schwul sein. Und das wollte er nicht sehen. Jedenfalls machte er eine Wildwasserbootstour mit seinen Kindern, mit Kaspar, der lieber *Der Idiot* von Dostojewski gelesen oder einfach gezeichnet hätte, und mit Tilda, die sich für Zierfische interessierte, aber nicht gerne auf reißenden Gewässern paddelte. Sie waren beide so lieb, dass sie mit ihrem Vater mitzogen und abends mit ihm Gespräche über Unsicherheiten im Leben oder Gerechtigkeit führten. In denen ihr Vater sich für ein paar Stunden richtig auf sie einließ, so dachte er sich das bestimmt, sie Sachen fragte und ihnen zuhörte, um danach wieder wochenlang auf Geschäftsreisen zu verschwinden. Ich hatte sowieso keine Lust, da mitzugehen. Zu Lilli jederzeit, mit ihr Weißwein trinken und das Wochenende vertrödeln. Zu Una immer, am liebsten sogar, es kam nur nicht mehr so häufig vor, sie hatte Schichtdienste, einen Freund, sie hatte ein Leben ohne mich.

Frau Wolf hatte Polenta gemacht mit einer Soße aus Pilzen, die sie selbst gesammelt hatte. Es gab Tomatensalat mit Ziegenkäse, gewürzt mit Basilikum aus ihrem Garten. Die beiden kleinen Töchter hatten dort jeweils ein Beet, mit ihren Namen auf einem Stein und eigenen Kräutern. Das Essen war verdammt lecker, und die Kinder waren auch liebenswert. Aber ich fühlte mich beschissen, immer wenn ich bei ihnen war. Frau Wolf wollte mit mir über meine Arbeit in der Werkstatt sprechen, was meine Ideen seien. Sie war wirklich interessiert, und das nervte mich. Sie kannte mich überhaupt nicht, aber sie war bereit, sich auf mich einzulassen. Ich glaube, es war nicht einmal eine Frage für sie. Sie ließ sich auf mich ein, weil ich da war, an ihrem Esstisch. Die Kapazität nervte mich, dass sie diese Kapazität hatte. Und auch, wie die Kinder am Tisch saßen, so selbstverständlich, die Größere, Nele, auch mal meckerte, aber sobald sie den Nachtisch aus dem Kühlschrank holen durfte, schon wieder kooperativ war. Mal abgesehen davon, dass wir vor dem Essen der Sonne danken mussten und auch der Erde. Furchtbar.

Die Essen mit Una waren immer schön gewesen, als sie noch bei uns wohnte, überhaupt die ganze Zeit, die sie studieren ging, mich zum Kindergarten brachte und abholte, mit mir im Musikgarten trommelte und mir abends Geschichten vorlas. Dass sie da war. Kochen war stressig für sie, sie konnte es nicht gut, und sobald sie auf eine Pfanne und einen Topf gleichzeitig achten musste, dort rühren, hier würzen, kam sie durcheinander. Zumal ich immer um sie herumturnte oder auf ihren Hintern schlug, bis sie anfing, das Parkhaus und meine vielen Autos direkt neben den Herd zu stellen. Ich wollte immer da sein, wo sie war, folgte ihr auf Schritt und Tritt, in die Waschküche oder die Garage. Denn ich hatte Angst allein in den Räumen des Hauses, sogar, wenn Una mir den Rücken zuwandte, sodass ich versuchte, vorauszusehen, wohin sie sich bewegen würde. Die Gegenstände verschoben sich, wenn ich kurz weg- und dann wieder hinsah. Das Klopapier stand auf dem Fenstersims und nicht mehr auf dem Spülkasten. Oder in der Mülltüte raschelte ein kleiner, aber gefährlicher Geist. Manchmal war es so schlimm, dass ich Una berühren musste, um die Angst zu besänftigen. Una spielte dann Zug mit mir und hielt mich an den Schultern fest, um zum Beispiel zur Vorratskammer zu kommen, wenn sie noch etwas brauchte. So fuhren wir auch zischend aufs Klo, wenn ich musste. Sonst wäre ich nicht gegangen, hätte wieder Verstopfung bekommen. Una kam mit mir mit, auch, als ich alles schon selbst konnte, mich aber nicht ohne sie traute. Una stand am Waschbecken und wartete auf mich. An ihrem Mund konnte ich ablesen, ob sie entspannt war oder nicht. Wenn ein Topf auf dem Herd stand und sie längst die Flamme hätte kleiner drehen sollen, presste sie die Lippen aufeinander, der Hubbel an der Oberlippe schob sich dadurch etwas vor, bekam die Form eines Tropfens.

»Du hast wieder den bösen Mund«, sagte ich.

Una zuckte zusammen. »Ja, verdammt. Ich weiß.«

Dann war ich traurig, weil ich nicht anders konnte und mich schon beeilte. Sie auch, weil sie es verstand und trotzdem gereizt geantwortet hatte. Una kniete sich vor mich, als ich von der Toilette runterkam, nahm mich in den Arm, und ich lehnte mich mit meinem ganzen Gewicht an sie, ließ die Arme über ihre Schultern auf den Rücken baumeln und stupste mit den Füßen so in den Boden, dass wir in eine wiegende Bewegung kamen. Das Essen brannte an. Una machte uns Müsli und kratzte später den Topf aus.

Frau Wolf warf Herrn Wolf einen Blick über den Tisch zu, das merkte ich, obwohl ich auf meinen Teller sah. Wahrscheinlich, weil ich nur »weiß nicht« geantwortet hatte. Aber ich konnte ihr nur Widerstand entgegensetzen, in den engen Bereichen, in denen ich frei entscheiden konnte. Ansonsten spülte ich meinen Teller unter dem Hahn ab, stellte ihn unten in den Geschirrspüler und die Salatschüssel oben in die Mitte. Ich ging noch mit auf die Terrasse, wo Herr Wolf seinen Espresso trank. Ich machte das alles, doch ich war erleichtert, als ich mich bedanken und die beiden und die Kinder, die im Garten spielten, wieder verlassen konnte.

Außerdem hatte ich einen Plan. Beim Essen hatten die Wolfs über den Ausflug der Mentoren, Lehrer und ihrer Familien am Nachmittag gesprochen. Das Quellspring würde quasi leer sein. Und ich würde endlich die Kettensäge ausprobieren können. Lilli war so schlau gewesen, sie mir an eine Packstation in Schelklingen schicken zu lassen. Und ich hatte sie in Kaspars großem Rucksack abgeholt und im Schrank verstaut. Nicht ohne sie in die Hände zu nehmen, mich mit ihrem Gewicht, ihrer Größe vertraut zu machen. Ich öffnete die Hauben und schloss sie wieder. Ich fand raus, wie eng ich die Kette auf die Nut schrauben, wie ich sie wieder lockern konnte. Ich hatte mir einige Videos angesehen und wusste, wie ich Motoröl und Benzin mischen musste, das ich mir selbst besorgt hatte. Es war gar nicht so leicht, den Tank zu füllen, ich hatte mir aus der Schulküche extra einen Trichter besorgt, und ich lüftete das Zimmer, da die Luft beißend roch.

Nun wollte ich unbedingt wissen, wie gut ich mit der Säge arbeiten konnte, vielleicht sogar schon meinen neuen

Menschenkäfig freilegen, was mich in freudige Aufregung versetzte.

Unweit der Stelle, an der ich mich mit meinen Speeren bedeckt hatte, als Robert damals gekommen war, um sich zu verabschieden, unweit dieser Stelle, die fernab von Waldwegen lag, gab es eine umgefallene Robinie. Sie war dick und bereits sehr trocken. Ich strich über die gefurchte Rinde, löste ein Stück der Borke. Ich steckte es in den Mund, mit der Zunge befühlte ich die schuppige Struktur, es schmeckte bitter. Ich betrachtete den Stamm, bis ich wusste, wo der Käfig war.

Den Hörschutz mit Visier, die Hose und die Handschuhe hatte ich schon anprobiert, in meinem Zimmer. Sie waren in Lillis Paket dabei gewesen. Sie jetzt aber im Wald anzuziehen, war doch etwas anderes. Und erst recht, die Säge in die Hände zu nehmen, die beiden Griffe zu umfassen. Ich fühlte mich machtvoll. Die Kopfhörer ließen die Geräusche des Waldes verschwinden, sodass ich mich zentrieren konnte. Ich war aufgeregt, als ich die Säge mit dem Fuß fixierte. Allein das Anwerfseil zu ziehen, durchflutete meinen Körper mit Glück, direkt vom ausgestreckten Arm bis in die Zehen. Beim zweiten Mal sprang der Motor an. Unmittelbar spürte ich die Kraft der Säge, wie sie von der Laufrichtung des Sägeblatts ausging. Wie laut sie war, trotz des Hörschutzes. Ich nahm sie in die Hände, drückte die beiden Hebel, mein Wille setzte sich in Rotation um. Ich legte sie an der Robinie an, stützte die Säge dabei an meinem Oberschenkel ab. Die Krallen schlugen sich ins Holz. Ich drückte, und das Sägeblatt gehorchte, verletzte das Holz, grub sich hinein und spaltete es. Ohne Rücksicht auf die Struktur durchschlug die

Säge den Stamm letztlich. Ich schaltete sie aus, schob mein Visier nach oben und betrachtete die Maserung, die die Zähne auf dem Holz hinterlassen hatten. Ich erkannte, wo ich gezögert, dann den Winkel leicht verändert hatte. Ich legte die Säge zur Seite und zählte die Jahresringe des Baumes, die an der Sonnenseite deutlich größer waren, fünfundsiebzig waren es, jeweils durch einen schmalen braunen Ring begrenzt, die dunkle Jahreszeit, in der die Robinie kaum wuchs. Als sie sechzehn Jahre alt gewesen war, musste sie mit etwas gekämpft haben, einer Krankheit, saurem Regen, einem Befall. Die Ringe waren dünner und poröser, erst nach einigen Jahren war der Baum zu einem gesunden Rhythmus zurückgekehrt.

Ich hatte Sorge, Waldarbeiter und Förster auf mich aufmerksam zu machen, zumal ich sie nicht hören würde, wenn sie kämen. Deshalb nahm ich mir vor, nur noch kurze Zeit zu sägen und verschiedene Techniken zu üben. Ich setzte die Säge gerade und schräg an, schnitt Keile aus der Robinie. Es ging besser als gedacht. Meine Hände wurden feucht und rutschten über den Griff. Die Haut an den Handballen weichte auf, schob sich hin und her, das Visier beschlug durch meinen Atem. Alles schrumpfte auf mich und das Holz und die Säge zusammen. Das Schwert verhakte sich, ich hielt inne. Ich fühlte mich leicht, was das restliche Wochenende anhielt.

Gleich zu Anfang der Woche kam Mannhofen aufgeregt auf mich zu, als ich gerade in die Mensa wollte. Eine große Ulme sei gefällt worden und er könne den Stamm fürs Quellspring bekommen. Er wolle einen Skulpturengarten mit den Schülerinnen und Schüler machen.

»Bist du dabei?«, fragte er, und nachdem ich schwieg, fügte er hinzu: »Finde etwas im Holz, das bleibt.«

Ich sagte ihm, dass ich mit einer Kettensäge arbeiten möchte. Fast hätte ich »meiner Kettensäge« gesagt.

»Auf keinen Fall«, sagte er, »das ist zu gefährlich, Konrad. Du bist erst sechzehn Jahre alt.«

»Die groben Arbeiten wenigstens.«

»Nein. Du machst es zusammen mit mir und mit den normalen Sägen, einem Meißel, was halt alles so geht.«

Ich sagte nichts, Mannhofen wertete das wohl als Zustimmung. Und so kam die Ulme, bereits in einzelne Teile geschnitten, auf dem Anhänger eines Traktors zu uns an die Schule gefahren. Sie wurden hinter der Sporthalle abgeladen, die größeren Stücke donnerten richtig auf die Grünfläche. Ich betrachtete sie mit Abstand, während ein paar Schüler aus der Unterstufe gleich anfingen, darauf herumzuklettern und von einem zum anderen zu springen. Ich wusste sofort, welches von mir bearbeitet werden wollte.

»Sie haben beim letzten Mal etwas vergessen«, sagte Frau Lachs und beugte sich zu mir. Auf ihrer Hand lag ein kleines Etwas. Ich versuchte, möglichst ungerührt zu bleiben, sah aber hin. Es war ein Samen, aus dem sich weiß ein Trieb hervorschob. Ich spürte die Bewegung.

»Er hat auf dem Fenstersims gekeimt. Wollen Sie ihn mitnehmen?«, fragte Frau Lachs.

Ich hielt die Hand auf, unsere Hände berührten sich, ihre Außenkante meinen Handteller, auf den der Samen kullerte. In dem Moment wusste ich, dass ich nicht mehr würde schweigen können. Frau Lachs wusste es auch, ich konnte es in ihren Augen lesen, die dunkel und neugierig waren und die ich jetzt zum ersten Mal sah. Sie setzte sich in den Sessel mir gegenüber. Wir waren uns ungewohnt nahe, ein, zwei Meter vielleicht. Frau Lachs lächelte mich an.

»Was machen wir nun?«, fragte sie. Mir fiel auf, dass ich ihre Stimme noch gar nicht richtig kannte. Dass sie weicher war als bei der Begrüßung und beim Abschied.

Ich zuckte mit den Schultern, hielt dabei ihrem Blick stand.

»Was wollen Sie denn machen?«, fragte sie.

»Skulpturen sehen«, sagte ich.

Frau Lachs überlegte eine Weile. »Das Venet-Haus«, sagte sie dann.

Für die nächste Woche legte sie die beiden Stunden zusammen, begründete es der Schule gegenüber damit, dass sie nun in eine intensivere Phase mit mir käme, und wir fuhren mit dem Zug nach Neu-Ulm. Sie erzählte, dass sie in Ulm wohne, mit ihrem Mann und ihrer kleinen Tochter. Ich nickte und sah aus dem Fenster. Den Apfel, den sie mir anbot, lehnte ich ab.

Lange betrachteten wir die Skulpturen, sie standen im Innenhof der Galerie. Eine mehrere Meter hohe Stahlkonstruktion, rostig und grob in ihrer Oberfläche, drehte sich in der Mitte scheinbar federleicht auseinander, wie eine Papiergirlande. Das beeindruckte mich.

»Ich glaube, er hat das tatsächlich auseinandergezogen«,
sagte Frau Lachs, »vielleicht erhitzt, gezogen und wieder
auskühlen lassen.«

»Er hat mit einem Kran gearbeitet«, sagte ich.

»Was für eine kraftvolle Arbeit. Gegen das Material. Und
mit dem Material.«

Ich mochte Frau Lachs.

Beim Mittagessen am nächsten Tag bei Wolf und seiner Familie sprach ich von der Bewegung eines Samens. Erst als
ich es aussprach, war das Bild da, seltsam, ich hatte vorher
noch nicht daran gedacht. Und es war auch überhaupt nicht
meine Art, ein Gespräch anzufangen. Trotzdem sagte ich,
dass ich diese Bewegung im Holz freilegen wollte. Frau
Wolf war begeistert, mit der Gabel in der Hand sah sie mich
freudig über den Tisch hinweg an. Sie ahnte, dass sie mich,
wäre sie zu enthusiastisch, verschreckte, aber sie ließ es sich
nicht nehmen, mich zu fragen, was mich an dem Samen interessierte.

»Die Bestimmung«, sagte ich.

»In jedem Samen steckt bereits die ganze Information,
vielleicht sogar die Geschichte des Lebewesens«, sagte Frau
Wolf. »Du könntest ein paar von unseren Trieben aus dem
Gewächshaus haben, um sie zu studieren.«

Sie kotzte mich schon wieder an.

Und dann kroch Kaspar morgens zu mir ins Bett. Die Zimmer waren nicht abgeschlossen, ein gegenseitiger Zimmerbesuch war nach neun Uhr nicht mehr erlaubt, aber der Morgen war nicht geregelt. Ich glaube, die Leitung ging davon aus, dass da nichts geschehe, was sie zu befürchten hätte. Geschlechtsverkehr, noch dazu ungeschützt. Oder Drogenkonsum, Planungen zu kollektiven Suiziden, was ein Modethema im Quellspring war. Kaspar kam also unter meine Decke, und ich wurde erst wach, als er sich an meinen Rücken drückte und sein Gesicht in meine Haare schob. Noch schlaftrunken, wollte ich mich umdrehen.

»Bleib so«, sagte er und umarmte mich grob, was ungewohnt für ihn war. Seine kalten Füße berührten meine Waden, am Knöchel fühlte ich die Fläche eines Nagels. Ich nahm Kaspars Atem wahr, dann meinen, der bereits den gleichen Rhythmus gefunden hatte, aber leichter war.

»Konrad«, sagte Kaspar, »bitte verzeih mir.«

»Was?« Meine Stimme war rau vom Schlaf.

Kaspar hielt den Atem an, der Körper kurz wie eingefroren. Dann erst sprach er mit gepresster Stimme. »Mein Vater geht nach Hongkong. Lilli geht mit. Tilda. Und ich auch.« Er hielt mich richtig fest. »Die nehmen mich zu Pfingsten vom Quellspring.«

Ich versuchte, mich loszumachen aus seinem Griff. Kaspar biss mir in den Nacken, und ein Schmerz schoss meine Wirbelsäule runter. Mit aller Kraft stieß ich ihn von mir, Kaspars Kopf schlug gegen den Bettpfosten. Ich drehte mich und setzte mich rittlings auf ihn. Wir sahen uns an, Kaspars Augen waren verquollen und ängstlich. Ich zog ihn in meine Arme, er war so viel kleiner als ich, schmaler auch, so zart, ich presste mich an ihn. Halb lag ich auf ihm, halb hielt ich ihn hoch. Dann zerrte ich an seinem Oberteil, riss es ihm über den Kopf, öffnete seine Hose, mit dem Arm drückte ich dabei seinen Oberkörper ins Bett, und schob sie nach unten. Seine Unterhose verhakte sich an seinen Füßen, und Kaspar schüttelte sie ab. Er griff in meine Haare und zog an ihnen. Ich gab keinen Laut von mir, obwohl es wehtat, Kaspar war auch still. Alles, was zu hören war, war Haut, die auf Haut klatschte, und Stoff, der raschelte. Dann lag er nackt vor mir. Sein Penis stand hart ab, die Eichel wölbte sich hervor. Ich hielt inne, löste den Arm von seiner Brust. Mein Atem ging schwer. Kaspar sah mich an, schüchtern, klar. Dann drehte er sich auf den Bauch, stützte sich mit den Armen auf, sein Kopf hing zwischen den Schultern nach unten. Sein Nacken war frisch rasiert. Ich befühlte die Stoppeln, fuhr mit meiner Hand durch die Kuhle zwischen den Schulterblättern und seinen Rücken entlang, spürte die Wirbelsäule, so lange hatte ich sie schon streicheln wollen. Ich tastete die Rippen ab, die links und rechts unter seiner Haut verliefen. Sein Becken bildete eine Mulde, zwei Höcker oberhalb des Hinterns, den Kaspar anhob und wo meine Hand liegen blieb. Mit der anderen öffnete ich meine Hose und drang in ihn ein. Er wich zurück, dann bewegte sich Kaspar mir entgegen, unser Schmerz wich etwas anderem. Kaspar griff nach meiner Hand, führte sie an seinen Penis. Kurz nachdem er kam, kam ich auch.

Kaspar blutete. Er tupfte sich mit der Unterhose ab, bevor er sich anzog. Daran, wie er sich aufrichtete, erkannte ich, dass er Schmerzen hatte. Dann stand er vor meinem Bett, und ich saß darauf, und wir sahen uns an, ohne zu blinzeln, ohne dass Kaspars Blick wieder wegflog. Kaspar hatte keine Angst mehr, er war nur noch traurig. Violett war das, was ihn umgab und mich umfasste. Ich klammerte mich an seine Beine. Etwas löste sich in mir, es hörte sich an, als bellte ich, und ich brauchte kurz, um zu begreifen, dass ich weinte.

Ich hatte zuletzt als Kind geweint. Als ich im Kindergarten in der Garderobe sitzen musste, weil ich das Essen auf meiner Zunge vorgeschoben und es den anderen gezeigt hatte. Da saß ich zwischen Jacken, die mich feucht umgaben, blickte auf den Boden, durch die geschlossene Tür hindurch hörte ich, wie Teller aufeinandergestapelt wurden und die anderen Kinder lachten. Ich weinte, zum allerletzten Mal, das nahm ich mir da vor. Was auch gelang. Ich musste nur an das Gesicht des Erziehers denken, wie er mich mit dieser langsamen, gepressten Stimme in die Garderobe schickte, um nicht zu weinen. Jetzt war es Kaspar, den ich sah, auch in der Umarmung. Tränen flossen und aus meiner Kehle pressten sich ruckartig Laute. Kaspar beugte sich zu mir und streichelte meinen Kopf. Ich spürte einen Tropfen auf meinem Ohr landen, Kaspar weinte auch. Dann biss er wieder in meinen Nacken, bis ich vor Schmerz meine Arme löste und er sich umdrehte und aus dem Zimmer rannte.

Ich kann mich nicht erinnern, was danach passiert ist. Der Tag fehlt. Ich erinnere mich, dass ich tagelang auf einem Blutfleck von Kaspar schlief, ihn immer wieder mit meinem Finger nachzeichnete, bis ich den Panther mit geöffnetem Maul darin erkannte. Kaspars Geruch in meiner Bettwäsche verlor sich. Als die Pfingstferien begannen, bezog ich das Bett neu, wusch aber das Laken nicht, verwahrte es mit den Urnen und der Kettensäge im Schrank.

Die Ulme war ein Zwiesel, der Stamm teilte sich in einem engen V, die Rinde war noch eine Weile verwachsen, umschloss die beiden Arme. Es faszinierte mich, wie das, was zunächst eins gewesen war, sich trennte. Auch die Frage nach dem Grund beschäftigte mich. Hatte es ein auslösendes Moment gegeben? Oder war es im Samen schon angelegt gewesen? Als Mannhofen die Teile vergab, bekam ich den, an dem die Ulme sich entzweite. Er stand ganz am Rand der Wiese, ich hatte ihn mir gewünscht. Mit der Säge wollte ich die Zylinderform verstärken, indem ich den Stamm von allen Seiten nach unten hin verschmälerte, um den Druck auf den Hauptstamm, aber auch die Bewegung nach oben zu zeigen.

An einem Samstag, als kaum jemand da war, ging ich über die Wiese zu meinem Ulmenstamm. Ich hatte die Kettensäge in der Hand. Ich fühlte, wie groß ich war, und auch einen unbestimmten Schutz, der mich umgab. Am Stamm wusste ich, wie ich vorgehen musste, schon den ganzen Weg, die Tage davor, hatte ich es genau gewusst. Ich startete die Kettensäge, atmete durch, setzte sie an, sie zog sich sofort ins Holz. Ich fuhr konzentriert mit dem Sägeblatt nach unten. Die Späne sprühten zu allen Seiten, funkelten im Sonnenlicht. Es gelang mir nicht, bis zum Boden durchzusägen. Lediglich Erde wurde aufgewühlt. Das hatte ich nicht bedacht. Die Robinie im Wald hatte den Boden an den Stellen, an denen ich sie zersägt hatte, nicht berührt. Ich würde den Stamm aufbocken oder hinlegen, vielleicht mit einem Stechschnitt arbeiten müssen. Zunächst wollte ich aber die einzelnen Seiten abschneiden, zog das Schwert immer wieder heraus, ging rasch vor, der Lärm war in Quellspring nicht zu überhören. Da ich keine Kanten, sondern eine runde Form wollte, verlor der Stamm mehr Holz, als ich erwartet hatte, und wurde filigran zum Boden hin. Und damit auch instabil.

Aus dem Augenwinkel nahm ich eine Bewegung wahr. Ein paar Menschen standen entfernt und sahen mir zu. Schüler. Oder Kinder aus dem Ort. Ich hätte noch aufhören können, alles schnell wegpacken. Ich konnte nicht, das spürte ich auf einmal. Ich hatte nur diesen einen Versuch. Ich musste so weit kommen wie möglich. Die Trennung des Baums so weit freilegen, wie ich konnte. Was danach käme, war mir egal.

Jemand rannte über die Wiese auf mich zu. Wolf, er fuchtelte mit den Armen. Und schrie auch, was ich nur sah, als ich aufblickte. Er gestikulierte neben mir, hielt aber Abstand. Pohl stand plötzlich auch da, mit einem ratlosen Gesichtsausdruck. Und dann, schnell und zielgerichtet, aber ohne zu rennen, kam auch Rüders an, hinter ihm und mit kleinen Schritten seine Sekretärin Frau Bürgel. Ich sah Rüders' Gesicht, als ich mich anders zum Stamm stellte, um weiterhin an der Form arbeiten zu können. Wie eine Fratze, mit tiefen Furchen zwischen Nase und Mund. Er näherte sich mir seitlich, fasste meine Schulter, und ich hörte ihn dumpf schreien, »aufhören«. Der Stamm wankte, so wie ich auch. Ich sackte ein, die Ulme fiel direkt neben mich ins Gras. Für einen Moment war ich wie gefangen. Ich drückte mit der einen Hand weiterhin Gas- und Sicherheitshebel, die Säge rotierte und traf auf meine ins Gras gestützte andere Hand. Die Zähne arbeiteten sich durch das fest verwebte Material des Handschuhs, trafen den Daumen, zerhäckselten ihn. Gras, Erde wurde aufgewühlt. Ich ließ los. Ein Stück Handschuh wurde gegen meinen Oberschenkel geschleudert, fiel zu Boden und legte zermatschtes Fleisch frei.

Ich hatte überhaupt keine Schmerzen. Ich saß einfach im Gras und sah, was geschah. Pohl räumte die Säge zur Seite. Der Stamm lag direkt neben mir. Das angeschnittene Holz war eingedrückt und aufgesplittert. Es war wunderschön. Mit meinem Knie tippte ich sanft den Stamm an. Wolf durchbrach den andächtigen Moment. Er zog mir Visier und Ohrenschützer vom Kopf und rief unbestimmt nach Hilfe, das Wort sagte er, dann »holt einen Krankenwagen«. Er nahm mich in seine Arme, bettete mich richtig in sich. So, wie ich Kaspar vor vielen Jahren im Rettungsgriff aus dem Wasser gezogen hatte. So, wie Una mit mir gerutscht war. Einmal war ich ihr entglitten und sauste die blaue Röhre allein hinab, tauchte ins Wasser und wurde von Una wieder nach oben gezogen. Wolf sprach auf mich ein, wahrscheinlich, um sich selbst zu beruhigen. Das alles gut sei, Hilfe komme, ich solle nur ruhig und bei Bewusstsein bleiben. Ob ich ihn verstehe. Ich nickte. Rüders telefonierte, sein Mund bewegte sich, sonst blieb sein Gesicht wie eingefroren. Jemand rannte über die Wiese auf das Haupthaus zu. In der Ferne sah ich Frau Wolf mit Schülern sprechen, immer mehr kamen angelaufen, Frau Wolf schien sie wie mit einem imaginären Absperrband aufzuhalten, noch weiter heranzutreten. Auf ihrem Rücken schlief ihre kleine Tochter in der Trage. Pohl sammelte tatsächlich Stoff- und Hautfetzen in einem karierten Tuch ein.

Kaspar hätte seine Freude an dem Stillleben gehabt. Ich, umarmt von Herrn Wolf, neben dem Baumstamm und eingebettet in eine Ansammlung von Menschen, die mich aus der Distanz betrachteten, irgendwo Pohl in gebückter Haltung. Aber Kaspar war nicht mehr da, er war gestern abgereist, zunächst nach Hause, um seine Sachen zu packen. Ich wusste, er würde nur die Zeichnungen mitnehmen, die Tusche, ein paar Bücher. Spielsachen und kleinere Möbelstücke wollten Lilli, Tilda und er im Garten verbrennen. Das hatte er mir geschrieben und Fotos versprochen. Kaspar. Wenn ich jetzt einen Wunsch gehabt hätte, wäre es der gewesen, dass er von meinem Unfall nicht mehr erführe, dass er rechtzeitig in das Flugzeug stiege und sich nicht die Fingernägel abkauen müsste, bis es blutete, und Lilli ihm die Hand aufs Knie legen müsste, weil es so heftig wippte.

Durch das Rotieren der Hubschrauberblätter waberte das Gras am Boden, die Splitter am Stamm bewegten sich auseinander. Ich trug noch immer den Handschuh, in dem sich Blut sammelte, an der Handfläche vor allem, der Stoff hatte sich dunkel verfärbt, Blut lief aufs Gras und in meinen Schoß. Wolfs Jacke, die er auf den Daumen presste, war ebenfalls blutgetränkt. Eine Ärztin eilte mit einer Tasche auf mich zu und sprach mich an, ich nickte, und sie zog behutsam den Handschuh ab, was nicht nötig gewesen wäre, ich spürte sowieso nichts. Komisch sah das aus, die Leerstelle, dass der Daumen unmittelbar endete, zu kurz war, das dunkelrote Fleisch, in der Mitte etwas Hartes, der durchtrennte Knochen.

Als der Verband im Krankenhaus abgenommen werden sollte, schrie ich und wand mich. Der Schmerz war abrupt eingetreten und heftig. Es war, als würde all meine Wut in das nicht mehr vorhandene Fingerglied schießen. Ich hatte das Gefühl, bis ans Ende aller Tage schreien zu müssen, es war genug in mir, was herauswollte. Erst als eine Pflegerin den Daumen oder das, was von ihm übrig geblieben war, örtlich betäubte, dafür hielt sie mein Handgelenk grob fest, hörte ich auf.

Ich hatte etwas verloren. Das wurde mir in dem Moment klar. Ich war es, der deswegen geschrien hatte. Und ich war es, der nun bedauerte, den Schmerz nicht mehr fühlen zu können. Er entglitt mir. Zugleich ließ ich alles mit mir machen. Ich bekam eine Spritze in den Oberarm und schluckte auch die Tabletten, die mir in einem Plastikbecher gereicht wurden und von denen eine kurz schief in der aufgerauten Kehle hing. Um mich herum agierten Menschen. So wie sie es schon immer getan hatten.

Als der tiefrot eingesuppte Verband abgewickelt war, betrachtete ich meinen Stumpf. Er war schräg abgetrennt und blutete nicht mehr, die Haut war teigig und am Rand eingerissen, dann kam schwulstiges Gewebe, das aussah wie das Fett eines Hühnchens, in der Mitte dann, vom geronnenen Blut schwarz, der Knochen. Ein kleines Stück hing noch lose daran und hatte sich ins Fleisch gedrückt. Ein Arzt hob es mit einer Pinzette an und entfernte es mit einer Schere, was er angekündigt hatte, mich aber trotzdem zusammenzucken ließ, obwohl ich es nicht spürte. Als es in der Nierenschale lag, sah es aus wie ein kriegerisches Utensil. Spitz wie die Stöcke auf mir, als ich mich im Wald eingegraben hatte. Als ich überlegt hatte, einfach liegen zu bleiben.

»Kann ich das mitnehmen?« Ich deutete in die Schale.

Der Arzt zögerte erst, nickte dann.

Unas Stimme überschlug sich, als sie am Telefon die Adresse des Krankenhauses wiederholte. Eigentlich durfte ich das Krankenzimmer nicht verlassen, der Daumen sollte ruhig und erhöht liegen. Der Pfleger erkannte jedoch, dass ich es nicht mehr aushielt, hier auf sie zu warten, und sagte, ich solle wenigstens die Hand mit dem dicken Verband hochhalten. So stand ich vor dem Krankenhaus, bei der Raucherinsel, in einer durch die Nikotinsucht zusammengewürfelten Gruppe von Menschen. Versehrt, wie ich war, fühlte ich mich verbunden mit ihnen. Ich fragte einen Mann, ob er mir eine Zigarette geben und auch anzünden könnte. Er führte einen prall gefüllten Urinbeutel mit sich, von dem ein Schlauch unter seinem Bademantel verschwand. Am tiefsten Punkt des Schlauchs sammelten sich blutige Plättchen. Mit trübem Blick reichte er mir die Kippe. Der Rauch zog in mein Auge, und ich hielt den Kopf schief.

Una kam mit raschen Schritten vom Parkplatz auf das Gebäude zu. Sie hatte ihre Umhängetasche dabei, trug Pullover, Jeans und Turnschuhe. Ich ließ die Zigarette fallen, mir war schummerig, und ging auf sie zu, die Hand bereits zum Gruß erhoben. Ihr Gesicht war angespannt, und ich wusste plötzlich, wie sie als alte Frau aussehen würde.

Im Besprechungszimmer des Arztes saßen wir nebeneinander. Ihre Hand auf ihrem Schenkel war meiner Hand, der rechten, der gesunden, so nahe. Ich sah, wie ihr kleiner Finger zuckte. Wir hätten uns berühren können, nur eine kleine Bewegung wäre dazu nötig gewesen, eine verständliche Regung auch. Aber die Menschen taten es bei mir nicht mehr, mich berühren. Nur Kaspar hatte die Schicht, die mich umgab, mich gleichermaßen abschirmte und entfernte, durchbrochen. Una wahrte den Abstand. Schon lange. Was mich traurig machte, ich ihr aber nicht sagen konnte. Es war ihr nicht bewusst. Ich glaube, sie wunderte sich immer noch, was für ein Mensch aus dem Baby geworden war, das sie einst betreut hatte, das aus einem zufälligen Arrangement zu ihrem Kind geworden war. »Sie hat Konrad großgezogen«, so hatte Robert das beschrieben und dabei überhaupt nicht verstanden, was Una für mich und ich für sie war. Und nun war ich zwei Köpfe größer als sie, hager und schwarz gekleidet, die hellen Haare verdeckten meine Augen, und es fehlte mir ein Stück Daumen. Ich spürte die Vorsicht, die sie mir entgegenbrachte. Das sah ich auch in ihren leicht geweiteten, wachsamen Augen, mit denen sie mich kurz anblickte.

Den Daumen habe er in Folie gepackt, sagte der Arzt, Semiokklusivbehandlung hieße das. Es sei eine zwar bekannte, aber immer noch selten angewandte Methode. Die luftdichte Folie stelle embryonale Zustände her. Ich horchte auf.

»Wir gehen davon aus, dass multipotente Zellen, die im Embryonalstadium für Wachstum sorgen und im Körper schlummern, wieder aktiviert werden. Ihr Daumen wird nachwachsen, in der Regel neunzig Prozent der Weichteile«, sagte er zu mir. »Er wird vielleicht nicht mehr ganz so hübsch, aber narbenfrei und voll funktionstüchtig sein. Auch die Hautlinien bilden sich wieder.«

»Sind es die gleichen, die ich schon hatte?«, fragte ich.

»Das weiß ich nicht.« Er lächelte mich an.

Una wollte wissen, ob der freiliegende Knochen nicht eine Kontraindikation sei. Der Arzt verneinte. Der Knochen werde sich auf das Weichteil-Amputations-Niveau zurückbilden.

»Und Sekretionen? Wie hoch ist das Risiko einer Infektion?«, fragte Una. Ich kannte sie so gar nicht, wie ernsthaft sie sich in dieser Fachsprache bewegte, mit einer tieferen Stimme als sonst, das Irische war nur in den dunklen Vokalen noch zu ahnen.

Es werde auf jeden Fall Sekretionen geben, sagte der Arzt, sie seien aber keine Anzeichen einer Infektion, sondern Kolonisationen. Wundtaschen entstünden vor allem bei Wundnaht, doch bei der Folienbehandlung würde davon ja abgesehen. Mindestens drei Wochen lang solle ich regelmäßig zum Verbandwechsel kommen, anschließend könne ich ihn auch selbst vornehmen. Er gehe, sagte der Arzt, von zwei Monaten aus.

»Danach sind Sie wieder voll funktionsfähig«, sagte er.

»Das war ich noch nie«, antwortete ich.

»Verstehe«, sagte er. Und ergänzte: »Warten Sie es ab.«

»Ich gehe aber nicht zurück ins Quellspring«, sagte ich.

»Das besprechen wir gleich, Konrad«, sagte Una.

»Ich gehe da nicht hin.«

Una telefonierte mit Robert.

»Nein, er kann nicht nach Vancouver fliegen. Er wird jetzt hier behandelt«, sagte sie. Sie lief in der Eingangshalle des Krankenhauses von mir weg. Ich saß auf einer Bank und hielt meine Hand im Schoß, mein Daumenstumpf pochte. Una war nun außer Hörweite, in ihrem Gesicht lag eine Enttäuschung, Wut auch. Sie hörte lange zu. Dann sprach sie wieder, nicht mehr so sanft wie in der Zeit, als ich noch im Kinderzimmer oben lag und den beiden lauschte. Sie war erwachsen geworden. Damals war sie fast noch ein Kind, eine Jugendliche gewesen, nur zwei Jahre älter, als ich es jetzt war. Sie sammelte sich, strich ihre Haare mehrmals aus dem Gesicht, als sie zu mir zurückkam. Sie ging vor mir in die Hocke, und ihre Hand stützte sich neben meinem Oberschenkel auf der Bank ab. Ich genoss, wie nah sie mir war, und sog ihren Geruch ein, ein frischer Schnitt in eine Birke hinein. Una sah mir in die Augen.

»Robert und ich haben überlegt«, sagte sie, »das Beste wäre, du würdest hier in der Nähe bleiben, für die Behandlung. Und wenn du nicht im Internat sein willst, kannst du auch ins Ferienhaus gehen.«

»Welches Ferienhaus?«

»Die Hütte von Roberts Eltern, sie ist wohl nur fünfzig Kilometer entfernt. Philipp, dein Onkel, nutzt sie manchmal. Aber sie ist leer zurzeit.«

»Und du?« Ich sah, dass ihre Hand zitterte.

»Ich komme dich jedes Wochenende besuchen. Vielleicht kann ich mir die erste Woche freinehmen.« Sie war ein gewissenhafter, ernsthafter Mensch, sie kam aus einfachen Verhältnissen. Wie einfach ist mir erst später klar geworden. Ich hatte mich aber immer gewundert, dass sie ihre Serviette zur Seite legte, um sie am nächsten Tag wieder zu verwenden. Una war auch zu Anstand erzogen worden. Das zeichnete sie aus. Sie würde sich nicht krankschreiben lassen, sie würde regulär Urlaub beantragen.

»Brauchst du nicht«, sagte ich, »solange es nicht das Quellspring ist.«

»Konrad«, sagte sie und sah auf meinen verbundenen Daumen.

Ich weiß nicht, wann genau sie sich entfernt hatte. Wahrscheinlich, als sie das Baby verlor. Ich war erst seit kurzem auf dem Quellspring. Robert war abgefahren, und ich sah seinem Auto von den Stufen zum Haupthaus aus hinterher. Danach sind meine Erinnerungen für längere Zeit undeutlich. Ich weiß aber, dass Unas Freund sie verlassen hatte, als sie schwanger gewesen war, Robert musste es mir am Telefon erzählt haben. Und dann kam das Kind nie auf die Welt. Als ich sie einmal danach fragte, wann denn das Baby komme, schwieg sie am Telefon lange. »Bist du noch dran?«, rief ich in den Hörer, und sie antwortete: »Ja.« Wieder Stille, bis sie mit hoher, zitternder Stimme sagte, es sei gleich wieder ein Stern am Himmel geworden. Es kostete sie Mühe, den Satz ohne Unterbrechung zu sagen. Anschließend bat sie noch darum, auflegen zu dürfen. Danach wurden ihre Anrufe rar, sie besuchte mich seltener, und wenn, war sie wie betäubt, lief mit mir durch den Wald, sammelte Kastanien in einer Jutetasche, die sie auf einer Bank liegenließ, und fuhr nach einer Stunde wieder. Ich eilte am Abend zur Bank zurück, obwohl es verboten war, das Gelände zu verlassen, um die Tasche zu holen. Ich wollte sie ihr nach Frankfurt mitbringen. Doch sie lud mich nicht ein. Die Tasche hing am Haken an meiner Tür, baumelte beim Öffnen und Schließen hin und her, die Kastanien klackerten aneinander. Erst als ich sie verbrannt hatte, mitsamt der Tasche, deren Material sich knisternd im Feuer einrollte, meldete Una sich wieder.

Es roch fürchterlich, als der Arzt zwei Tage später den Verband wechselte. Zu Recht, dachte ich. Mein Körper rächt sich, wobei ich mir nicht sicher war, an wem. An mir, da ich den Daumen amputiert hatte, an Kaspar, da er mich verlassen hatte, auch wenn er es nicht gewollt hatte, an Robert in Kanada, der das durchaus gewollt hatte, an Lena irgendwo in der Welt. Zähe gelbe Flüssigkeit lief heraus und klebte an der Innenseite des Mulls. Der Arzt hatte mich auf den Geruch vorbereitet und bereits das Fenster geöffnet. Es sei ein natürlicher Prozess und gehe vorbei. Er wusch meinen Daumenstumpf unter fließendem Wasser. Eine Blase hatte sich am Rand gebildet, stülpte sich wie eine Träne hervor. Ein pyogenes Granulom, sagte der Arzt. Es werde sich verwachsen. Ich war beeindruckt von seiner Zuversicht. Für mich wirkte es, als stürbe ein Teil meines Körpers ab, als verweste ich an dieser Stelle. Vorsichtig tupfte der Arzt die Haut ab, immer nur bis zu der offenen Stelle, trug eine Tinktur auf und zog dann eine neue Folie über den Stumpf, darauf schmierte er, vor allem wegen des Gestanks, Aktivkohle.

»Una, was ist deine erste Erinnerung an mich?«

»Konrad! Wie geht es dir? Was macht dein Daumen?«

»Die allererste Begegnung – wo genau ist die?«

»Konrad.«

»Mir geht es nicht gut. Wo genau hast du mich zum ersten Mal gesehen?«

»Und dein Daumen?«

»Stinkt. Wo war es?«

»Bei euch im Wohnzimmer, noch in der alten Stadtwohnung.«

»Erzähle es mir.«

»Ich bin mit meinem großen Rucksack auf dem Rücken zu euch gekommen. Robert hatte mich vom Flughafen abgeholt, deine Oma war da. Robert hat mir dich gezeigt. Wie du schläfst, im Stubenwagen.«

»Wie sah ich aus?«

»Du warst ein schönes Baby. Deine riesigen Augen, selbst geschlossen haben sie dein ganzes Gesicht bestimmt. Als ich sie dann zum ersten Mal offen gesehen habe, das war später an dem Tag, war ich beeindruckt von der hellgrünen Farbe. Eigentlich gelb.«

»Was fällt dir noch ein?«

»Du hattest Milchschorf auf dem Kopf und hinter den Ohren. Sogar noch, als du in die Schule gekommen bist. Sah aus wie die Haut einer Schlange, die sich gerade schuppt.«

»Hat es dich gestört?«

»Überhaupt nicht. Robert wollte, dass ich so ein Mittel auftrage. Du hast offene Stellen davon bekommen.«

»An welche Momente mit mir erinnerst du dich noch?«

»Wie du die Farben gelernt hat. Hast einen grünen Legostein genommen und gefragt: ›Rot?‹ Ich: ›Nein, grün.‹ Einen blauen Legostein: ›Rot?‹ Ich: ›Nein, blau.‹ Einen roten Legostein: ›Rot?‹ – ›Ja, rot.‹«

»Noch was?«

»Als du zum ersten Mal, du hast in der Küche auf dem Boden gesessen und mit den Autos gespielt, ›Toora loora li‹ gesungen hast.«

»It's an Irish Lullaby.«

»Später wolltest du immer mit mir auf Englisch sprechen, hast gefragt, wie dieses heißt und das. Hast in einer Fantasiesprache gesprochen.«

»Konradianisch.«

»Konradianisch. Genau.«

»Wann haben die Verletzungen angefangen?«

»Du meinst, dass du dich selbst verletzt hast?«

»Ja.«

»Im Kindergarten. Du hast dir die Finger nach hinten gedreht, bis die Kapsel gerissen ist.«

»Bist du deswegen Ärztin geworden?«

»Ich habe dich lieb, Konrad.«

»Una?«

»Ja.«

»Was wusstest du über Lena? Was weißt du über sie?«

»Über Lena wurde nicht gesprochen.«

»Aber was hat Robert dir gesagt?«

»Dass sie gegangen ist, als du ein Baby warst.«

»War sie mal da?«

»Am Anfang gab es Kontakt zu deiner Großmutter. Lenas Mutter. Aber sie ist an Demenz erkrankt. Und in einem Pflegeheim gestorben.«

»Hat Lena mich mal gesehen? Also danach?«

»Vielleicht.«

»Wann?«

»Ich weiß nicht.«

»Wann? Sag es mir.«

»Ich habe dich mal vom Kindergarten abgeholt, und wir sind direkt nach Hause, weil du Fieber hattest. Und da saß eine Frau auf einer Bank, da an der Ecke zur Eisenbahnstraße. Und als sie den Buggy mit dir gesehen hat, sie war auf der anderen Straßenseite, ist sie ganz weiß geworden im Gesicht und hat uns angestarrt. Und ihre Tasche so festgehalten, so eine Reisetasche. Aber es könnte auch irgendjemand gewesen sein.«

»Wie sah sie aus?«

»Sie hatte kurze dunkle Haare. Groß, schlank, sehr schön. Konrad, ich hab nur kurz hingesehen. Ich weiß nicht mal, ob sie das war.«

»Du weißt es.«

»Konrad.«

»War sie es?«

»Ich denke.«

»War sie es?«

»Ja.«

»Was hast du gemacht?«

»Du hast dich zu Hause übergeben, noch im Flur. Ich habe dich umgezogen, dich ins Bett gebracht und geputzt.«

»Wie hast du dich gefühlt?«

»Ich habe am ganzen Körper gezittert.«

»Warum?«

»Ich weiß nicht. Ich hatte Angst, dass sie zurückkommt.«

»Warum?«

»Weil ich dich nicht verlieren wollte. Konrad, ich hatte Angst, dich zu verlieren. Nicht den Job. Dich.«

»War das das einzige Mal?«

»Ja.«

»Stimmt das?«

»Ja, das stimmt. Später habe ich mir gewünscht, ich hätte sie angesprochen.«

»Warum?«

»Weil sie deine Mutter ist. Weil du eine Mutter brauchst.«

»Sie ist nicht meine Mutter.«

»Doch, sie ist deine Mutter.«

»Halt den Mund. – Entschuldige.«

»Schon okay.«

»Wo ist sie hin?«

»Ich weiß es nicht. Suchst du nach ihr?«

»Nein. Aber ich hab mal vor dem Laptop gesessen und wollte ihren Namen eingeben. Das war schrecklich.«

»Verstehe.«

»Das war der Tag, als ich das Fenster mit der Faust einge-schlagen habe.«

»Du musstest ins Krankenhaus, weil der Schnitt so tief war.«

»Ich lege jetzt auf.«

»Ruf mich wieder an. Am Freitag sehen wir uns, ja?«

Ich wachte auf, hatte nicht auf dem Daumen geschlafen, kein Schmerz hatte mich geweckt. Ich presste die Hand auf die Matratze und konnte fühlen, wie eine lebenslange Selbstverständlichkeit fehlte. Das letzte Glied eines Fingers. Ich drückte ins Leere, als wäre ich blind am Ende des Daumens. Und am Rand dieses Nichts entstand Schmerz. Ich dachte an Kaspar und griff nach meinem Telefon. Kaspar hatte geantwortet, wie immer. Wenn ich mich abends ins Bett legte, schlief er längst. In diesen Schlaf hinein hatte ich ihm geschrieben, dass ich in zwei großen Zügen vom Tor bis an die Haustür geschwommen sei. Dass der Mond den Hinterhof mit weißem Licht gefüllt habe und der Daumen eine Blutschliere hinter mir hat herflattern lassen. Und während ich dann schlief, war Kaspar aufgewacht, hatte als Erstes auf sein Telefon gesehen und sich gefreut. In meinem Traum tauchte ein Wal aus dem Wasser auf, genau in diesem Moment. Kurz darauf saß Kaspar an der Theke in der Wohnung, in der sie nun alle lebten, und blickte nach draußen, zwischen den Hochhäusern sah er das Blau des Südchinesischen Meers und die Frachter, die dort entlangfuhren. Lilli schlief sicherlich noch, und der Vater war längst arbeiten. Kaspar schickte mir eine Aufnahme, wie er Nüsse zwischen seinen Zähnen knacken ließ, und wie später seine Turnschuhe im Foyer des Hauses quietschten. Ich hörte sie mehrmals ab, vom Aufzug bis zur Tür mussten es einige Meter sein, Kaspar ging sechzehn Schritte, so viele, wie er alt war. Dann starrte ich an die Decke. Ich drückte den Daumen stärker gegen die Matratze, um zu sehen, wie weit der Schmerz mitzog. Ließ wieder locker. Der Tag lag endlos vor mir.

Mit der linken Hand konnte ich nichts greifen. Ich hatte einen wackelnden Stumpf, der mitmachen wollte, aber nicht konnte. Wie oft ein einzelner Finger am Tag etwas berührt, ich hatte den Daumen nie bewusst wahrgenommen, erst jetzt, als er fehlte. Wie wichtig er war, um etwas festzuhalten. Eine Geldbörse, um die Münzen herauszuholen. Den Topf, um ihn an den Griffen von der heißen Platte zu schieben, eine Hose, um hineinzuschlüpfen. Ich erledigte fast alles ausschließlich mit der rechten Hand. Den Wandschrank öffnen, zwischen den Packungen und Gläsern nach Nüssen suchen, die Mandeln herausnehmen. Ich konnte die Tüte nicht wie früher mit beiden Händen aufreißen. Also suchte ich eine Schere in den Schubladen, fixierte die Tüte zwischen den Fingern der linken Hand und schnitt sie mit der rechten auf. Die Tüte entglitt mir, reflexartig bewegte sich der Daumen mit der Hand, um die Tüte aufzuhalten. Die Mandeln verteilten sich über die Arbeitsfläche, manche kullerten auf den Boden. Sie sahen aus wie Pfeile, die auf ein Geheimnis deuteten, das ich nicht enträtseln konnte, aber greifbar nah war. Mit den Lippen klaubte ich die Mandeln von der Platte. Eine der Mandeln war nicht gut, und der bittere Geschmack breitete sich bis in den Rachen aus. Ich kniete mich hin, stützte mich lediglich mit den Handballen ab und saugte mit dem Mund auch die Mandeln von den kühlen Bodenfliesen ein. Ich konnte die Wunde an meinem Daumen riechen und unterdrückte einen Würgereiz. Nur eine Mandel, die am weitesten entfernt lag und durch den Raum wies, ließ ich liegen. Um nicht später aus Versehen auf sie zu treten, legte ich drei Löffel um sie herum. Sie spiegelten die Form der Mandel, nur umgekehrt, bildeten einen Pfeil in die andere Richtung.

Später saß ich auf dem Stuhl und blickte durch die Scheibe der Haustür auf den Hof. Vom Schlüsselbund, der im Schloss steckte, hingen fünf weitere Schlüssel herab. Einer mit einem langen Bart. Zwei kleinere und zwei größere Zylinderschlüssel. Der kleine mit der gelben Kappe war für den Briefkasten, das hatte ich schon herausgefunden. Für welche Schlösser die anderen waren, wusste ich noch nicht. Ich würde zum See runtergehen und zurück. Das wäre immerhin eine Stunde, vielleicht zwei. Danach könnte ich die Schlüssel ihren Schlössern zuordnen. Kaspar würde bald aus der Schule kommen und mir schreiben. Una würde in ihrer Mittagspause anrufen. Ich hatte Spaghetti da und Chips. Wasser konnte ich aus dem Hahn trinken. Erst morgen würde ich wieder zum Krankenhaus fahren müssen, dann könnte ich auf dem Rückweg einkaufen. Das Taxi müsste solange warten.

Aber vorerst ließ ich mich auf die Couch fallen und legte die linke Hand auf die Rückenlehne, um das Pochen ein wenig zu mildern. Mein Körper würde etwas bilden, was er schon kannte, den Daumen. Ihn noch mal wachsen lassen, alles nachbilden, selbst den Nagel. Meine Aufgabe bestand lediglich darin, ihm einen zeitlichen Rahmen dafür zu gewähren. Ich sah an die Decke, von der ein Staubfaden hing, dann wendete ich den Kopf und betrachtete den Kamin. So viele Feuer hatten die Innenwände geschwärzt. Wir waren nie hier im Urlaub gewesen. Natürlich nicht, es hatte nie ein Wir gegeben, höchstens die Idee davon. Vater, Mutter, Kind. Dabei wäre das Haus ideal gewesen. Ich hätte im Hinterhof spielen können, Bauklötze verschieben oder was Babys halt so taten, Lena hätte Äpfel an der Arbeitsplatte schneiden und mich durch die offene Tür sehen und mir zurufen, mir kleine Schnitze auf einem Plastikteller reichen können.

Als ich gestern am See gewesen war, hatte eine Mutter ihr Baby mit den Füßen ins Wasser gehalten, und das Kleine hatte gegluckst und mit den Beinen gestrampelt. Seine Mütze rutschte in den Nacken, und die Mutter küsste es auf den Kopf. Der Vater saß auf einer Decke und beobachtete die beiden. Ich saß schräg hinter ihm und drehte meinen Daumen in den Sand, bis die Nerven heiße Schüsse in meinen Arm abgaben und ich die Hand nach oben halten musste.

Ich stand wieder auf und einer der Löffel auf dem Boden reflektierte die Sonnenstrahlen, die durch die Haustür kamen. Es kam mir vor, als schiene er direkt zu mir. Ich bewegte mich zur Seite, der Strahl verlor mich. Die Mandel lag unberührt da und zeigte mit ihrer Spitze auf etwas. Ich folgte dem Hinweis, der in den Flur auf einen Wandschrank wies. Er hatte grüne Türen, die ich einzeln mit der rechten Hand öffnete. Darin war ein alter Heizkessel, Öl wahrscheinlich. Auf dem Boden daneben lag eine fleckige Decke. Wie für ein Versteck gemacht. Ich probierte, ob ich hineinpasste. Mit angezogenen Knien, die Füße gegen den Kessel gestellt, fand ich Platz darin. Zog erst die eine, dann die andere Tür zu. Ich legte die Stirn auf meine Knie und umschloss mit meinen Armen die Beine. Stickige Dunkelheit umgab mich. Meine Rückenmuskulatur dehnte sich, und ich konnte mich selbst riechen, sauer ein wenig, vor allem aber nahm ich den Gestank des Daumens wahr, der auf meinem Schienbein auflag. Es fiel mir schwer, zu glauben, dass unter dem Verband etwas Frisches, ein makelloser Finger wachsen sollte, der noch nie etwas berührt, noch nie etwas gehalten hatte.

Das Baby am Strand hatte die Schaufel im Affengriff genommen, als der Vater sie ihm hingehalten hatte. Ich zog die Beine noch etwas mehr an mich heran und ließ den Kopf zwischen die Knie sinken. Später hatte es in der Trage geschlafen. Mit wippenden Schritten war die Mutter auf und ab gegangen und hatte die Hand auf den Kopf des Kleinen gelegt. Es sah aus, als lutschte es an seiner Faust. Hoffentlich waren sie heute nicht wieder am See. Ich nahm mir vor, sollte es so sein, sofort umzukehren oder eine andere Stelle aufzusuchen.

»Sehen Sie«, sagte der Arzt.

Una beugte sich vor. Vorsichtig löste er den feuchten Verband von meinem Stumpf, er blieb kurz haften, der Arzt nahm eine Pinzette zu Hilfe. Freude lag in seinem Gesicht. Una blickte konzentriert, ich spürte ihre Anspannung. Es sah tatsächlich so aus, als trüge der Daumenrest eine wächserne Haube, eingeschmiert von Sekreten, nur die obere Stelle war noch fleischig und rot. Es roch weiterhin, erdig, torfig, stank aber nicht mehr. Was ich sah, war weit davon entfernt, ein Daumenglied zu sein, aber es war auch nicht mehr ein harter Schnitt. Ich war überrascht. Una auch.

»Haben Sie Schmerzen?«, fragte mich der Arzt.

»Manchmal.«

»Ich verschreibe Ihnen ein Mittel. Sie sollten beginnen, den Daumen wieder zu belasten.« Und zu Una gewandt meinte er: »Solange Flüssigkeit produziert wird, ist die Epithelialisierung noch nicht vollständig. Ich gehe von weiteren drei Wochen aus.«

»Und der Nagel, die Hornschicht?«, fragte Una.

»Wenn wir später die Folie weglassen, normalisiert sich das Gewebe, und der Nagel wird nachwachsen. Schützen Sie in der Zeit das Endglied durch einen selbsthaftenden Verband.«

»Konrad, Konrad«, sagte Una auf der Fahrt zum Haus, »das ist ja wirklich wunderbar. Du bekommst einen neuen Finger.«

Ich hatte meinen Kopf an die Scheibe gelehnt, sah grüne Flächen, Schafe, ein Lamm hatte den Kopf zwischen die Hinterläufe der Mutter geschoben, dann wieder Ebenen mit langen Reihen gestochenen Torfs. Una sprach davon, dass er zunächst sehr sensibel sei, dass es wohl einige Wochen dauere, bis eine Hornschicht aufgebaut sei. Es wirkte, als spräche sie zu sich selbst. Beim Supermarkt im Dorf hielt sie ruckartig an.

»Ich komme nicht mit«, sagte ich.

»Was brauchst du denn alles?« Una beugte sich durch die offene Tür noch mal ins Auto hinein.

»Meine Säge.«

Una starrte mich an. Ich sah, dass sie widersprechen wollte, dann aber etwas in meinem Gesicht las, das sie zögern ließ. Da wusste ich schon, dass sie mich unterstützen würde. Noch bevor es ihr selbst klar war.

Nachdem sie einen großen Karton bis oben hin gefüllt mit Lebensmitteln im Kofferraum verstaut hatte und wieder auf dem Fahrersitz neben mir saß, sah sie mich eindringlich an.

»Als du ein Kind warst, durfte ich dir nie die Nägel schneiden«, sagte sie, »ich habe es mit allen Tricks probiert, habe dir ein Bonbon vor die Nase gehalten. Du wolltest es haben, aber du warst nicht dazu zu bewegen, dass ich mich dir mit dem Knipser nähern durfte. Hast die Hände unter dem Pullover versteckt und den Kopf geschüttelt.« Una sah kurz nach vorne durch die Scheibe zum Supermarkt, strich sich ihre Haare nach hinten, dabei waren sie ihr nicht ins Gesicht gefallen, dann blickte sie mich wieder an. »Einmal war ich so wütend, weil ich auch wusste, Robert würde mich darauf ansprechen, dass ich mit dir geschimpft habe und beleidigt ins Badezimmer abgerauscht bin. Da habe ich dich weinen hören.« Ihre Augen spiegelten meine damaligen

Tränen wider. »Du konntest es einfach nicht, mir deine Hände reichen. Und da habe ich verstanden, dass du alles nur aus dir selbst heraus machen kannst. Nägel schneiden. Splitter entfernen.«

»Zecken rausholen«, sagte ich.

Una lächelte. »Genau. Und zur Not mit einem Spiegel und in total verrenkten Positionen.«

Wir schwiegen und sahen beide durch die Frontscheibe eine Frau am Wagen vorbeigehen. Sie trug zwei Tüten, blieb kurz stehen, stellte eine ab, fluchte, nahm sie wieder auf und ging dann weiter.

»Warum ist das passiert mit deinem Daumen?«, fragte Una.

Ich zuckte mit den Schultern.

»Hast du es mit Absicht gemacht? Die Internatsleitung meinte …« Sie ließ den Satz so stehen und sah mich an. Ich erwiderte ihren Blick, ohne mich zu rühren, ich blinzelte nicht einmal.

»Wird es wieder passieren?«

Ich schüttelte den Kopf.

»Konrad.«

»Nein«, sagte ich.

»Hast du alle Schutzkleidung, die du brauchst? Hose, Helm, Hemd, Handschuhe?«

Ich nickte.

»Im Quellspring?«

Ich nickte wieder. Und Una stimmte in mein Nicken ein.

Es nieselte draußen, der See war nicht mehr zu sehen, das Schilf und die Weiden zeichneten sich noch schemenhaft ab, aber die Wasseroberfläche war vom Nebel verschluckt. Ich hatte das Gefühl, dass die Welt dort unten endete und ich mich, sollte ich dem See zu nahe kommen, verlieren würde. Das setzte mir zu, ich ging zurück zum Haus und richtete mich wieder im Wandschrank ein. Mittlerweile hatte ich die Seitenwand gut mit Handtüchern ausgepolstert, und ich hatte eine einhändige Technik entwickelt, mit der ich die Türen rasch von innen zuziehen konnte. Ich legte den Kopf auf die Knie und umarmte meine Beine, verharrte so, bis die Zeit verwischte.

Kaspar hatte mir ein Video geschickt, das er im Netz gefunden hatte, von einer Eidechse, die beim Angriff eines Habichts ruckartig ihren Schwanz abwarf. Das schuppige längliche Teil wedelte auf dem Stein umher, der Vogel versuchte, es mit dem Schnabel zu ergreifen, während die Eidechse zwischen Spalten verschwand, zwar versehrt, aber am Leben.

»Hast du Angst gehabt?«, schrieb Kaspar dazu.

»Es war eher so, dass einfach nichts mehr kam danach. Understand?«, schrieb ich zurück.

»Have a clue«, antwortete Kaspar.

»Weißt du«, sprach er am nächsten Tag als Nachricht auf, das U langgezogen, »der Schwanz der Eidechse wächst auch nach.«

Ich hatte plötzlich den Samen vor Augen, den Frau Lachs mir in die Hand gelegt hatte, wie die Stahlkonstruktion im Hof der Galerie sich aufgefächert hatte, wie meine Ulme sich geteilt hatte. Ich wusste, was ich machen wollte. Eine Skulptur, die eine Bewegung in sich tragen würde.

Ich stützte die Hände auf den Boden, um aufzustehen, meine Beine waren eingeschlafen. Unter dem Daumen fühlte ich einen festen Gegenstand. Ich klemmte ihn zwischen Zeige- und Mittelfinger ein, er war klein und rund. Als ich steif aus dem Schrank kroch, kullerte der Knopf zu Boden. Er war aus hellem Horn, in den Ösen steckte noch ein grüner Faden.

Sie hatte es wirklich gemacht. Una war ins Quellspring gefahren, um noch Kleidung und Unterlagen von mir abzuholen, und hatte dabei scheinbar beiläufig nach der Kettensäge und dem ganzen Zubehör gefragt. Ich stellte mir vor, dass sie rote Wangen hatte dabei. Aber schließlich war sie eine richtige Frau Doktor, was ihr auch gegenüber Rüders zugutekam. Er ließ Pohl rufen, der ihr seufzend Säge, Schutzkleidung und den Hörschutz brachte. Auf der Hose waren noch große Blutflecken, für die Pohl sich entschuldigte. Er habe die Hose gewaschen, aber sie seien nicht rausgegangen, muss er gesagt und dabei verlegen auf Unas Schuhe gesehen haben. Sie zitterte am ganzen Körper, als sie im Auto saß. Das erzählte sie mir später. Sie habe das Lenkrad kaum halten können.

»Es ist der totale Wahnsinn, dass ich das für dich mache, Konrad«, sagte sie. »Nach allem, was passiert ist.«

Sie hielt inne. Die Kettensäge lag zwischen uns auf dem Tisch, noch unberührt von mir.

»Ich habe deinen Stamm gesehen«, sagte sie.

»Wo?«

»Die Arbeiten stehen auf der Wiese, ein Engel, eine Eule, solche Sachen, und am Rand liegt noch dein Stamm.«

Das wühlte mich auf. Ich hatte nicht mehr ans Quellspring gedacht, dass Mannhofen weitergearbeitet hatte mit den anderen, in die Sommerferien hinein.

»Er ist schön, obwohl er so roh ist.« Una lächelte mich an.

»Danke«, sagte ich.

Sie blickte auf die Säge.

»Ich meine für alles«, sagte ich
Sie sah mich wieder an.

Ich entfernte den Schutz und berührte meine Kettensäge am
Schwert, nahm sie in die Hände. Der Daumen war nicht
mehr empfindlich, und ich konnte den Handgriff umfassen,
was mich freute. Die Hand war zwar nicht so stark wie früher, aber sie konnte halten. Die andere Hand glich die
Schwäche aus. Mit dem gesunden Daumen berührte ich den
Gashebel, mit dem Zeigefinger den Sicherungshebel. Ich
stützte die Säge an den Oberschenkel, eine meiner liebsten
Haltungen, sie am Körper zu spüren und mit dem Körper zu
bewegen. Es fühlte sich immer noch richtig an. Dann trug
ich sie rüber in den Schuppen, den ich die Tage über schon
vorbereitet hatte. Ich hatte die Werkbank freigeräumt und
Schraubendreher und Zangen bereitgelegt, Lappen, einen
Handfeger. Bei der letzten Fahrt ins Krankenhaus hatte ich
mir in einem Baumarkt zudem ein Schnitzeisen und ein
Klüpfel, Rundfeilen, Kettenöl, Benzin und ein Handbeil gekauft.

Ich untersuchte die Säge. Öl war noch im Tank, auch Benzin. Jemand hatte sie gesäubert, bestimmt Pohl. Er hatte den
Filter aufgeschraubt, auch den Motor abgedeckt und gerei-
nigt, von Sägespänen und Blut. Nur die Kette hatte er zu fest
aufs Schwert gezogen. Ich lockerte die Mutter, »Mutter«,
sagte ich. Dann »Mama«, was lächerlich klang. Dass er-
wachsene Menschen noch dieses kindliche Lallwort wieder-
holten, um einen anderen Menschen anzusprechen. Wahrscheinlich, um zu fühlen, dass sie früher verbunden waren.
»Mama«, sagte ich noch mal, ließ es ins Leere laufen.

Ich schraubte die Kette so weit auf, dass ich sie mit den

Fingern ein wenig von der Nut abziehen konnte. Die Zähne waren noch scharf. Sie waren es gewesen, die sich in mein Fleisch gearbeitet, den Knochen durchtrennt hatten, ohne auch nur zu ruckeln. Weil ich es so gewollt hatte.

Im Schuppen fand ich Holzpaletten, mit denen ich mir einen Arbeitsplatz im Hinterhof einrichtete. Ich stellte sie so, dass ich von der Straße aus nicht zu sehen war. Höchstens in der Scheibe würde ich mich spiegeln. Mit Klemmgurten fixierte ich sie übereinander. Einige Handgriffe waren weiterhin nur mit der rechten Hand möglich, aber ich war doch überrascht, wie gut ich wieder arbeiten konnte.

Dann endlich legte ich die Säge auf den Boden, stellte den Fuß auf den Griff, löste den Bremsbügel. Ich hatte mir angewöhnt, den verbundenen Daumen abzuspreizen, und versuchte nun, ihn wieder bewusst einzusetzen. Ich zog das Starterseil, gleich beim ersten Mal sprang die Säge an, als habe sie nur darauf gewartet, ratterte los. Benzin wurde ausgestoßen. Ich inhalierte tief. Als ich die Säge in die Hände nahm, wurde sie sanfter, fast als schnurrte sie.

Ich hatte Holz gesammelt, mit der Schubkarre, im Rucksack, sodass ich nun einige Tage üben konnte. Ich löste Keile heraus und sägte kreisförmige Öffnungen hinein. In einen dicken Stamm sägte ich eine Spirale. Ich pustete die Sägespäne aus der Öffnung und schaute dabei durch das Holzstück. Kaspar am anderen Ende sah mich lächeln und lächelte auch.

Das Gute war, dass Robert mir genug Geld überwies, aus schlechtem Gewissen. Er wollte mich erst Ende des Sommers besuchen, was mir recht war. So hatte ich Zeit. Unsere wöchentlichen Telefonate reichten mir schon. Robert erzählte von den Stadtstränden mit den Beachvolleyballern und der salzigen Luft, die durch die Schluchten der Hochhäuser zog. Vancouver würde mir gefallen, sagte er. Wir würden gemeinsam hinfliegen, wenn mein Daumen verheilt sei. Als würde er heilen. Wie immer hatte Robert eigene Vorstellungen von dem, was mich betraf, die nicht dem entsprachen, was wirklich geschah. Dass er unter dem Verband gut wuchs, verschwieg ich und sagte »ja« und »okay«.

Übers Internet fand ich einen Landwirt, der einen Eichenstamm verkaufte. Ich bezahlte ihn auch für die Anlieferung. Aus der Schaufel seines Traktors, mit dem er in den Hinterhof fuhr, rollte der Stamm auf den Boden. Der Mann wunderte sich über den schlaksigen, jungen Mann, also mich, der ich da stand mit einem verbundenen Daumen, barfuß, in schwarzem Hemd und schwarzer Hose, und mich freute, ansonsten aber eher verwahrlost wirkte. Ich aß wenig, duschte selten, es war mir egal. Die Haare hatte ich schon lange nicht mehr gebürstet, es reichte, sie mit der Hand aus dem Gesicht zu schieben oder einfach den Kopf schief zu legen. Ich las im Gesicht des Mannes, dass er mich einzuschätzen versuchte. Ich bezahlte ihn bar, er reckte den Arm, machte keinen Schritt auf mich zu, um die Scheine entgegenzunehmen, und achtete darauf, dass unsere Finger sich nicht berührten, dann fuhr er wieder ab.

Der Stamm war wunderschön und gerade gewachsen,

das Splintholz als heller Rand deutlich auszumachen, das Hartholz mit gleichmäßigen Ringen. Dem Baum war es gut gegangen all die Jahre, er war gut versorgt gewesen. Für Kaspar fotografierte ich die zerklüftete Rinde, das Moos, das sich mit seinen Fäden dort festhielt. In der Nacht legte ich mich neben den Stamm und sah lange in den dunklen Himmel, eingehüllt in die Gerbsäure der Eiche, die wie ein Pfeife rauchender Opa roch, bis ich wusste, was ich machen wollte, und zur Eiche hin gedreht einschlief.

Ich skizzierte, was ich aus dem Stamm schälen wollte. Zwei aneinandergelegte Pyramiden, die mit ihren Spitzen jeweils nach außen zeigten, im Inneren waren sie hohl und miteinander verbunden, was eine Herausforderung werden würde. Ich schickte die Zeichnung Kaspar, der sie ergänzte: Ich saß auf der Form, genau an dem Punkt, an dem die Flächen sich trafen und die Form sich spiegelte. Kaspar hatte meinen schmalen, langen Körper nackt gezeichnet, mit den Beinen umklammerte ich die Doppelpyramide. Der Oberkörper war nach vorne geneigt, deutlich waren die Rippen zu sehen, Kaspar hatte dicke Striche gemalt, ausgehungert wirkte ich. Ich hatte die Arme mit Fäusten kriegerisch vom Körper gereckt. Mit weit aufgerissenem Mund richtete ich mein Gesicht nach oben, als flöge ich auf etwas Verheißungsvolles zu.

Auf den Stirnseiten der Eiche markierte ich die Spitzen der beiden Pyramiden und damit den Mittelpunkt der ganzen Figur, von der aus sie erwachsen und in den sie auch wieder zurückfinden sollte. Mit Zollstock und Winkel bestimmte ich genaue Abstände und kennzeichnete dann die Stelle, wo die beiden Grundflächen sich berühren sollten, von dort

zeichnete ich die dreieckigen Mantelflächen auf. Die Hohl-
räume würde ich später finden. Von allen Seiten betrachtete
ich das Holz. Meine Skulptur würde so groß werden, wie ich
selbst war.

Die eine der beiden Pyramiden wollte ich von einer erhöht stehenden Position aus freilegen, dafür wuchtete ich
den Stamm in die Vertikale, was anstrengend war, er wackel-
te kurz, und ich erschrak, dann blieb er stehen. Ich fixierte
ihn von allen Seiten an den Paletten, die ich wiederum mit
Gurten verband, um ihn so weit wie möglich zu stabilisie-
ren. Trotzdem war ich froh, dass Una mich nicht sah dabei.

Dann stellte ich mich auf die Paletten, schloss das Visier,
setzte den Fuß auf den Griff und warf die Säge an, nahm sie
in die Hände. Ich wusste, dass ich mich nicht verschneiden
durfte. Ich wollte nicht mit anderen Geräten nacharbeiten,
wie ich die Säge bewegte, sollte auf dem Holz zu sehen sein.
Ich gab Gas und setzte ihr Schwert an der markierten Spitze
an, führte sie schräg durchs Holz. Mein Körper bewegte sich
mit. Ich sägte, ohne abzusetzen, den ersten Scheit heraus.
Im Inneren hatte die Eiche einen länglichen Hohlraum, eine
frühere Verletzung, in der der Baum Rinde gebildet hatte,
um zu heilen. Mit einem Messer kratzte ich den Schorf heraus.

»Was machen Sie denn?«, fragte mich der Arzt, als er den verdreckten Verband abwickelte, Späne rieselten heraus.

»Auf die Möglichkeit des Raums verweisen«, sagte ich.

»Das tut Ihrem Daumen aber gut«, erwiderte er und betrachtete zusammen mit mir den aufgeweichten Finger, der tatsächlich an einen Daumen erinnerte, noch verkürzt, aber immerhin wieder rund, eine Hornplatte schob sich am oberen Ende hervor, mein neuer Nagel. Der Arzt machte mehrere Fotos von meinem Daumen, der wieder so genannt werden konnte.

Vor dem Krankenhaus wartete ich auf das Taxi. Unter meinen Füßen kippte, wenn ich das Gewicht verlagerte, ein Kanaldeckel hin und her. Ich versuchte, einen Rhythmus zu finden, und betrachtete den Deckel lange. Schließlich fotografierte ich ihn, den grauen Ring, in den Nummern eingestanzt waren, und seine gleichmäßig angeordneten Löcher. Wenn der Deckel sich in den Raum ausdehnen würde, sähe er aus wie eine Blume mit absolut identischen Blütenblättern. Schön wäre das. Und wie alles Schöne wollte ich es mit Kaspar teilen. Ich schickte ihm das Foto, wusste, er würde die Blume erkennen. Kurz darauf noch die Aufnahme einer Leitplanke, ihre roten und weißen Pfeile waren verschwommen, weil der Fahrer so rasant fuhr. »Alles fließt. Ich surfe mit. Durchs Holz«, schrieb ich dazu.

Am nächsten Morgen erwartete mich Kaspars Nachricht: ein Verkehrszeichen, auf dem sich zwei Trapeze nach oben verjüngten. Kaspar muss schräg unter dem hoch angebrachten Schild gestanden haben, ich stellte ihn mir an einer Autobahnauffahrt vor, wie er die Arme mit dem Telefon nach oben reckt, um das Schild zu fotografieren, während neben ihm Autos hupen. »Nimm mich mit«, hatte er dazu- geschrieben.

Noch bevor ich etwas aß oder auch nur einen Schluck Wasser trank, lief ich barfuß Richtung Dorf zum Kreis- verkehr und fotografierte die drei aufeinander verweisen- den runden Pfeile auf dem blauen Schild. »Ich bewege mich immer auf dich zu«, tippte ich und schickte es ab. Kaspars Antwort wenige Stunden später war das Foto eines Durch- fahrt-verboten-Schilds, mit einem schwarzen Stift hatte er zwei Strichmännchen in den roten Kreis gemalt, die sich umarmten und die Köpfe aneinanderlegten.

Nach fünf Tagen hatte ich die Grundform meiner Skulptur aus dem Holz gearbeitet. Sie war spitzer und schmaler ge- worden, als ich es erwartet hatte, was auch daran lag, dass ich an einer Mantelfläche zu tief gesägt hatte und daher die anderen Seiten angleichen musste. Doch die Form, in der sich aus einem Punkt heraus etwas kraftvoll ausdehnte und wieder zentrierte, war da. Die strenge Symmetrie hatte ich nicht einhalten können, die Mitte verschob sich leicht, was nicht störte, ganz im Gegenteil, es stimmte so einfach. Und was Kaspar in seiner Zeichnung bereits gesehen hatte: Die Arbeit zeigte, wenn sie am Boden lag, mit einer Spitze nach oben, sie wuchs in den Raum hinein.

»Du bist glücklich«, sagte Una abends am Telefon. Ich lag auf der Couch und betrachtete die Schwielen der Finger- ballen, rau und gelb.

»Darüber habe ich noch gar nicht nachgedacht«, sagte ich.

»Vergiss nicht zu essen dabei«, sagte sie, »und ich möch- te sehen, was du machst.«

Das Innere der Skulptur zu begreifen, war nicht so leicht für mich. Einen Abend lang sah ich sie von verschiedenen Seiten an, sitzend, stehend, und versuchte zu überlegen, wie ich sie aushöhlen könnte. Ich wollte viel Holz wegnehmen, ohne die Form zu zerstören. Das Sägeblatt war spitz, es war aber an sich zu groß, ich würde es trotzdem schaffen. Zum Frühstück trank ich eine Flasche Cola, dann ging ich in den Hinterhof. Der Himmel war rosa schraffiert, die Doppelpyramide deutete auf ihn. Oder auf mich, wenn ich mich vor sie stellte. In Wirklichkeit jedoch nach Osten, zu Kaspar, auf ihn.

Ich zog die Schutzkleidung an, startete die Säge. Ich achtete nicht mehr auf das, was ich aufgezeichnet hatte, ich wusste einfach, wie ich schneiden musste. Mein Gefühl für die Säge war fein geworden, vertrauensvoll und verbunden.

Als ich die Arbeit auf eine andere Seite wuchtete, ich griff in sie hinein, bemerkte ich, wie ich zitterte. Ich zwang mich zu einer Pause, aß Chips aus der Tüte und trank noch eine Cola. Es sah aus, als wäre die Form von sich aus organisch aus der Eiche entstanden. Keile lagen um sie herum, der Boden war übersät mit Spänen. Sie war bereits da gewesen und zeigte sich nun. Das war alles. Ich füllte Benzin und Öl nach, reinigte die Teile, zog die Kette wieder etwas fester und arbeitete weiter.

»Konrad, hier ist Una. Bist du gut angekommen?«

»Ja. Mein Gepäck ist kontrolliert worden. Ich glaube, die dachten, ich schmuggele Drogen. Und dann entdeckten sie die beiden Holzfiguren für Kaspar und Lilli. Aber sonst alles gut.«

»Wie geht es Kaspar?«

»Okay. Er ist noch mal gewachsen.«

»Aber du kannst immer noch auf ihn draufgucken, oder?«

»Aber die Spuckstrecke ist nicht mehr ganz so lang.«

»Sehr gut. Was habt ihr gemacht?«

»Die wohnen total krass. Im fünfzehnten Stockwerk. Von Kaspars Bett aus kann man das Meer sehen.«

»Wow.«

»Una, was hat Robert gesagt?«

»Er hat es verstanden, dass du nicht zu ihm kommst.«

»Und das Quellspring?«

»Da sprechen wir noch drüber.«

»Ich will nicht zurück. Ich muss weiterarbeiten.«

»Ich weiß das, Konrad.«

»Vielleicht kann ich nebenher eine Lehre machen als Waldarbeiter oder so.«

»Ich spreche mit Robert, ganz sicher.«

»Danke.«

»Und hast du schon was von Hongkong gesehen?«

»Nein.«

»Was habt ihr gemacht?«

»Wir haben uns einfach ins Bett gelegt, dabei war da ja noch Tag, Kaspar ist nicht zur Schule, und wir haben uns im

Arm gehalten und geredet und haben Fotos angesehen. Und dann bin ich so eingeschlafen.«

»Das ist sehr schön.«

»Ja, das ist es.«